W0196235

d

Ingrid Noll

Der Mittagstisch

Roman

Diogenes

Umschlagillustration:
Lucas Cranach d. J., ›David und Bathseba‹,
um 1537 (Ausschnitt)

Alle Rechte vorbehalten
Copyright © 2015
Diogenes Verlag AG Zürich
www.diogenes.ch
80/15/44/2
ISBN 978 3 257 06954 9

Für Mira und Mathilda,
Ruben und Jakob

Inhalt

Der Mittagstisch

Es war wahrscheinlich in Kassel oder Stuttgart, aber ich kann mich nur an eine gigantische Treppe erinnern, ähnlich der berühmten Freitreppe von Odessa. Vielleicht war auch alles ganz anders, denn ich war erst drei Jahre alt, vielleicht gibt es solche Treppen in keiner einzigen deutschen Stadt – ich muss demnächst meine Mutter fragen. Sie hielt mich damals fest an der Hand. »Nicht loslassen, Nelly!«, sagte sie. Ich gab diesen Befehl an meine Puppe weiter.

Wir hatten eine uralte Tante besucht, die nicht mehr lange leben würde. Meine Mutter wurde mit einem handgeschriebenen Testament und einer Granatbrosche beschenkt, ich mit einer Puppe. Sie fühlte sich anders an als meine weichgestopften Vinylbabys, denn sie war aus sprödem Zelluloid. Die Tante hatte selbst mit dieser Puppe gespielt und sie bestimmt achtzig Jahre lang auf ihrem Plüschsofa sitzen gehabt. Ich verstand durchaus, dass es sich um etwas Besonderes handelte, denn die Tante behauptete ebenso stolz wie geheimnisvoll, es sei eine *echte Schildkröt*.

Aus irgendeinem Grund hatte meine neue Puppe keine Lust, von meinem schmuddeligen Händchen umklammert zu werden. Auf der obersten Treppenstufe riss sie sich plötzlich los und stürzte in die Tiefe. Sie überschlug sich mehrmals, bis der Kopf sich löste, zerbarst und die einzelnen Teile mit immer größerer Geschwindigkeit abwärtssprangen; nur ein Stück Rumpf blieb einige Stufen unter mir liegen. Ich schrie wie am Spieß. Immer wieder träume ich, dass meine kleine Tochter mir ebenso entgleitet, eine unendlich tiefe Treppe hinunterkullert und dabei ihren Kopf verliert. Vielleicht bin ich ja auch nur eine besonders ängstliche Mutter. Als Alleinerziehende ist man schnell überfordert.

Mein Freund Matthew war ein cooler Hund, wie eine Freundin anerkennend feststellte. Als er ein paar Jahre nach Carolines Geburt plötzlich zurück in die USA flog, versprach er zwar nicht, uns bald nachzuholen, aber selbstverständlich rechnete ich mit materieller Unterstützung. Seitdem war er unauffindbar, die hinterlassene Adresse stimmte nicht. Nach einigen frustrierenden Versuchen hatte ich es aufgegeben, seinen Aufenthaltsort zu ermitteln. Mein Großer erinnerte sich noch ganz gut an seinen Vater und erwähnte ihn gelegentlich, meine Kleine tat das nie und fragte nicht.

Für einen Amerikaner sprach Matthew einigermaßen gut Deutsch, schließlich hatte er es von klein auf bei seinen Großeltern gehört. Da mein Englisch ziemlich dürftig ist, verständigte er sich mit mir und den Kindern fast nie in seiner Muttersprache und machte sogar gute Fortschritte im hiesigen Dialekt. In einer Hinsicht konnte er es allerdings zu keiner Perfektion bringen, und das waren die Artikel. Er ersetzte sie durch ein neutrales *de*: de Mann, de Frau, de Kind.

Um unsere Kinder von Anfang an auf die weite Welt vorzubereiten, wählten wir Vornamen, die auch in anderen Ländern bekannt sind: Simon und Caroline. Der Junge lernte in der Grundschule bereits ein wenig Englisch, aber eher Lieder wie *Jingle Bells* und *Happy Birthday*; es war schade, dass die Geschwister nicht zweisprachig aufwachsen konnten. Matthew brachte ihnen vor allem Späße bei. An lustige Begebenheiten in unserer kleinen Familie dachte ich zuweilen wehmütig zurück, aber ich versuchte, mich mit meinem Status als alleinstehende Mutter ein für alle Mal abzufinden.

Einmal sagte er zum Beispiel zu unserem Sohn: »Es gibt de deutsche Sprichwort: Man soll nie de Sand in de Kopp stecke!« Das leuchtete Simon ein: Wenn er aus dem Kindergarten kam, rieselte es stets aus Haaren, Ohren, Schuhen und Kleidern. Dann drohte ihm Matthew mit dem Zeigefinger und scherzte: »Ick mack dir fünf Löcher in de Gesicht und steck' dir de Kopp zwische de Ohre, Mister Sandman!«

Mein Sohn begriff solche Späßchen erst Jahre später. Doch vom großen Bruder eines Kindergartenkumpels lernte er einen kleinen Schabernack, den Matthew noch nicht kannte: *Zweiunddreißig-heb-auf.* Er schmetterte dem lernbegierigen Papa einen Satz Spielkarten vor die Füße und befahl: »Heb auf!« Dann weidete er sich am offenstehenden Mund und der verdatterten Miene seines Vaters. Als der Junge in die Schule kam, war es vorbei mit fröhlichen Neckereien, denn sein Vater verschwand plötzlich auf Nimmerwiedersehen.

Früher waren wir finanziell ganz gut zurechtgekommen. Matthew hatte stets ein paar Scheine in der Hosentasche, wir bekamen Kindergeld, und auch meine Mutter steckte uns immer wieder etwas zu. Doch als der Kindsvater plötzlich spurlos verschwand, musste ich schleunigst eine bezahlte Arbeitsstelle finden. Leider konnte ich keine abgeschlossene Ausbildung vorweisen. Bereits nach wenigen Semestern hatte ich zum Leidwesen meiner Mutter mein Studium unter- und schließlich abgebrochen, weil ich keine rechte Lust mehr hatte und lieber als Barista hinter der Theke stand. Ich musste die Kaffeemaschine bedienen, warme und kalte Getränke zubereiten, kassieren und vor allem das hausgemachte Eis servieren. Dabei lernte ich täglich nette junge Leute kennen, schließlich auch Matthew. Schon nach kurzer Zeit wurde ich schwanger – ungeplant, aber nicht unwillkommen. Im siebten Monat beendete ich meine gastronomische Karriere und freute mich auf meine künftige Aufgabe als Mutter. Heiraten hielten wir für eine Spießererfindung, doch wir zogen zusammen und waren eine Zeitlang glücklich; auch als Caroline geboren wurde, herrschte noch tiefer Frieden. Auf den Anlass unserer Trennung möchte ich jetzt nicht weiter eingehen, aber es hatte mit dem schrecklichen Kameruner zu tun. Plötzlich stand ich mit zwei kleinen Kindern allein da und musste sehen, wie ich zurechtkam.

Zum Glück erbte ich das Haus meiner Großeltern, dessen Erdgeschoss früher als Schreibwarenladen genutzt worden war. Kurz entschlossen verließ ich Frankfurt und zog mit den Kindern in meine Heimat an die Bergstraße zurück. Leider ließen sich die ehemaligen Geschäftsräume wegen der großen Schaufenster nicht so leicht als Wohnräume vermieten und blieben vorläufig ungenutzt, im oberen Stock lagen *die gute Stube*, Küche, Ess- und drei Schlafzimmer meiner Vorfahren. Seit meine Oma, die Mutter meines frühverstorbenen Vaters, nach einem Unfall ins Altersheim hatte ziehen müssen und dort nach zwei Jahren verstarb, stand das Haus leer, eine leichte Verwahrlosung hatte bereits eingesetzt. Die Großeltern hatten durch die günstige Lage – direkt neben einer Schule – ihren Unterhalt mit dem Verkauf von Heften, Malsachen und Bleistiften bestritten. Doch als in der Nähe ein Supermarkt eröffnete, trieb sich die jugendliche Kundschaft lieber dort herum, und das Lädchen musste schließen.

Eines schönen Tages traf ich direkt vor meiner Haustür eine ehemalige Klassenkameradin, die Lehrerin geworden war. Wir freuten uns beide über das Wiedersehen, denn wir hatten uns nach dem Abitur aus den Augen verloren. Natürlich hatten wir uns viel zu erzählen, aber das Beste war, dass mein Haus nur wenige Schritte von der Schule entfernt lag. Regine versprach, oft und auch mal in der großen Pause vorbeizuschauen. Bald darauf schneite sie zur Mittagszeit herein und machte glückliche Augen, als wir uns an den Küchentisch setzten und ich den Nudelauflauf aus dem Backofen und einen vierten Teller holte. Die Kinder lauschten verwundert, da Regine eine sehr spezielle Ausdrucksweise hatte.

»Jetzt bin ich erst seit drei Monaten hier«, klagte sie, »aber ich kann mich überhaupt nicht an das zwar wohlfeile, aber lieblose Cateringessen in der Mensa gewöhnen, und mein hastig geschmiertes Butterbrot nehme ich oft wieder mit nach Hause. Im Dönerladen lungert meistens meine halbe Klasse herum, da halte ich mich lieber fern.«

Dreimal pro Woche musste Regine über Mittag bleiben, weil sie bereits um vierzehn Uhr wieder Unterricht hatte. Sie fand meine Idee unwiderstehlich, an diesen Tagen – natürlich gegen angemessene Bezahlung – regelmäßig bei uns zu essen. Auch mir machte es Spaß, nicht immer nur Spaghetti oder Fischstäbchen zuzubereiten. Regine war zwar nett, aber manchmal kehrte sie allzu sehr die Lehrerin heraus. Es schadete meinen Kindern natürlich nicht, wenn sie gelegentlich kritisiert wurden. Doch leider hatte meine Freundin die Marotte, seltene, fast ganz aus der Mode gekommene Wörter zu benutzen. Sie fand es wohl lustig, *trefflich* statt gut, *garstig* statt schlechtgelaunt oder *wohlfeil* statt billig zu sagen. Was Wunder, dass meine Kinder schnell den einen oder anderen Ausdruck aufschnappten. Sie beschuldigten sich gegenseitig, *Maulaffen feilzuhalten*, ein *Wildfang*, *Schelm* oder *Lümmel* zu sein. Meine kleine Caro, wie Caroline genannt wurde, malte sogar die Sonne nicht an den Himmel, sondern ans *Firmament* und bezeichnete unsere Welt als *Erdenrund*.

Mit leichtem Vorwurf in der Stimme sagte ich zu Regine, dass mit dieser Marotte Schluss sein müsse.

»Mein Gott«, sagte sie. »Du bist aber bärbeißig! Wenn ich mit törichten Backfischen und pubertierenden Rotzlöffeln den *Schimmelreiter* durchnehme, dann verstehen die oft nur Bahnhof. Deine Kleinen sind später einmal im Vorteil.«

»Oder sie machen sich lächerlich«, sagte ich. »Ich frage mich immer wieder, wozu das gut sein soll!«

»Jahrelang wollte ich über den sprachlichen Wandel vom 19. ins 20. Jahrhundert eine Doktorarbeit schreiben, aber als ich mit dem Referendariat begann, fehlte mir einfach die Zeit. Du kannst dir kaum vorstellen, wie viel ich damals gelesen und gesammelt habe!«

Um des lieben Friedens willen gab ich mich geschlagen.

Im Grunde konnte ich mich glücklich schätzen, dass meine Freundin mit den Kindern so gut auskam. Der blonde, oft verträumte Simon, der sich mit anderen Kindern manchmal schwertat, unterhielt sich gern mit ihr und belehrte postwendend seine kleine Schwester. Und er übertraf Regine sogar noch, wenn er zu seinen Klassenkameraden *wohlan denn* sagte, was er aus den Grimm'schen Märchen haben musste. Caro schlug eher ihrem Vater nach und eroberte die Herzen mit Charme und Schalk.

Schon nach einigen Wochen fragte Regine, ob sie nicht probeweise eine Kollegin mitbringen könne, der sie von meiner *trefflichen* Bewirtung vorgeschwärmt hätte. Bald darauf hatte ich schon drei Kostgänger, denn besagte Kollegin brachte noch ihren Vater mit. Der alte Herr war ein amüsanter Plauderer, war früher zur See gefahren und hatte sich angeblich in allen Häfen der Welt herumgetrieben. Er hatte blitzblaue Augen wie Hans Albers, trug meistens eine Schiffermütze, hatte einen unersättlichen Appetit und auch eine entsprechende Wampe. Weil sein Doppelkinn diese Bezeichnung nicht verdiente, nannte Regine ihn insgeheim »Tripelkinn«. Die Kinder sagten zuerst Käpt'n Blaubär zu ihm. Die männliche Gesellschaft tat ihnen sichtlich gut, bald schon nannten sie ihn Opa. Im Übrigen wusste Regine, dass er nie Kapitän gewesen war, sondern Kellner auf einem Kreuzfahrtschiff.

»Von Dubrovnik aus machte ich einen Ausflug nach Trebinje«, erzählte er. »Dort saß ich auf einem weiträumigen Platz unter Platanen und trank *Pivo*, als mir etwas Ekliges unterm Hosenbein bis zum Knie hochkrabbelte und ich vor Schreck mein Bier verschüttete …«

Er konnte kleine Begebenheiten so dramatisch erzählen, dass die Kinder jene Eidechse tatsächlich für einen frischgeschlüpften Dinosaurier hielten und um weitere Geschichten bettelten. »Der reinste Münchhausen«, murmelte Regine bloß. »Alles vom Urmel geklaut!«

Sechs Personen passten im Übrigen so eben an meinen Küchentisch. Als meine drei Gäste noch weitere interessierte Kandidaten vorschlugen, war ich ratlos.

»Du hast doch im Erdgeschoss jede Menge Platz«, sagte Regines Kollegin Tonja. »Diesen großen Raum könnte man leicht zu einem schönen Esszimmer umfunktionieren. Natürlich müsste man die Regale rausreißen und einen größeren Tisch anschaffen, aber das sind Peanuts.«

Bis jetzt diente der ehemalige Verkaufsraum meinen Kindern als Rennstrecke für Kettcar, Roller und Dreirad, hier hatten wir verregnete Geburtstage mit allerlei traditionellen Spielen wie Sackhüpfen, Eierlauf und Topfschlagen gefeiert. Die großen Schaufenster hatten zwar Zuschauer angelockt, aber das war bei einem Kinderfest nicht weiter schlimm. Eine Mittagstafel vor den Augen der Passanten hatte nicht mehr den nostalgischen Charme einer Wohnküche, den meine drei Gäste bisher so geschätzt hatten. Außerdem müsste ich dauernd mit einem vollgetürmten Tablett die Treppe rauf- und runterbalancieren, um Geschirr und Essen zu transportieren. Käpt'n Blaubär sah das sofort ein und war strikt gegen eine Expansion. Im Gegensatz zu seinen sonstigen Lügenmärchen hatte er sehr praktische Einwände.

»Wenn man schon von draußen erkennt, dass hier regelmäßig mehrere Leute ihr Mittagessen einnehmen, dann sieht das doch sehr nach gewerblicher Gastronomie aus, auch wenn der Betrieb nur bestimmten Personen zugänglich ist. Über kurz oder lang wird das Finanzamt hellhörig, und du musst Steuern zahlen, das Gesundheitsamt kommt mit strengen Hygienevorschriften, ein Vertreter vom Gewerbeaufsichtsamt oder gar ein Polizist erscheint unangemeldet und entnimmt Lebensmittelproben. Extratoiletten für weibliche und männliche Besucher sind gesetzlich vorgeschrieben. Außerdem muss über Ein- und Ausgaben penibel Buch geführt werden. Wollen Sie sich das alles antun?«

Nein, das wollte ich natürlich nicht. Doch andererseits konnte niemand davon leben, an drei Tagen gerade mal drei Gäste zu verköstigen.

Tonja, die so hieß, weil ihre Mutter während der Schwangerschaft *Dr. Schiwago* gelesen hatte, kam mit einem anderen Vorschlag: »Deine Kinder spielen doch sehr gern im früheren Schreibgeschäft, warum machst du nicht einen Kinderladen auf? Soviel ich weiß, brauchst du eine Qualifizierung als Tagesmutter und die Erlaubnis vom Jugendamt. Das kann doch nicht so schwierig sein…«

Demnächst kam auch Caroline in die Schule, worüber ich sehr froh war. Tag für Tag eine Rasselbande von Kleinkindern war für mich der reinste Alptraum. Ein einziger Kindergeburtstag kostete mich bereits mehr Kraft als ein Hausputz.

»Sei nicht so hasenfüßig, Nelly. Du solltest mal etwas investieren«, meinte Regine. »Den Laden lässt du zu einer großen Wohnküche umbauen, die Schaufenster einfach zumauern. Ich leihe dir gern das nötige Geld, ich habe geerbt. Mein Oheim ist endlich den Weg allen Fleisches gegangen –«

»Mit anderen Worten: Dein Erbonkel ist gestorben«, übersetzte ich und ließ mir die Sache durch den Kopf gehen. In meiner Generation schien das Erben an der Tagesordnung zu sein, meine Mutter hatte zuerst eine Tante und später zwei weitere Verwandte beerbt, ich die Großeltern und Regine einen Onkel. Vielleicht würde auch mein kinderloser und schwerkranker Cousin bald sterben. Ich war optimistisch.

So kam es, dass ich irgendwann ein illegales Restaurant besaß, das an jedem Wochentag von zwölf bis fünfzehn Uhr für angemeldete Gäste geöffnet hatte. Das sollte noch dramatische Folgen haben.

2

Der Kapitän

Nie hätte ich geahnt, dass der alte Seemann mein bester Freund werden sollte. Seit seine Frau tot war, fühlte er sich wohl recht einsam. Seine Tochter Tonja lebte zwar auch in unserer Stadt, doch in einem anderen Viertel. Er war der Einzige, der bereits zwei volle Stunden vor dem Mittagessen auftauchte. Glücklicherweise wohnte er ganz in meiner Nähe und konnte den kurzen Weg trotz seiner Plattfüße gut bewältigen. Bereitwillig half er mir bei der Vorbereitung der Speisen – allerdings nur, wenn er dabei sitzen konnte. Er schälte Kartoffeln, putzte Gemüse, schnippelte Bohnen, polierte manchmal das Silberbesteck meiner Großmutter und unterhielt mich dabei mit lustigen Geschichten. Er war der Einzige, der auch am Wochenende kommen durfte.

Wenn wir ganz unter uns waren und ich ein kleineres, ein riesiges und zwei halbe Schnitzel auftischte, faltete er die Hände und betete: »Lieber Gott! Mach bei Tisch, dass ich das größte Stück erwisch!« Auch einen anderen Spruch gab er gern zum Besten: »Die Liebe ist vergänglich, der Durst bleibt lebenslänglich!« Zu seinem Leidwesen wurden bei uns keine alkoholischen Getränke ausgeschenkt, es blieb bei Tee, Kaffee, Mineralwasser oder Saft. Kurz entschlossen brachte er seinen Flachmann selber mit.

Gleich nach dem Essen zog sich der Kapitän mit einem Espresso, dem Flachmann sowie meinen Kindern in das obere Stockwerk zurück und überwachte sie bei den Hausaufgaben. Oft stieß auch Simons einziger Freund, der etwas zu klein geratene Tassilo, dazu und erhielt Nachhilfe im Lesen. Ich konnte also unbesorgt die Gäste bedienen, für verspätet Eintreffende ein Gericht wieder warm machen, schließlich abdecken, aufräumen und die beiden Spülmaschinen füllen.

In meinem neuen Restaurant sah es inzwischen völlig anders aus. Wir hatten unten eine zusätzliche Küche eingebaut und alles frisch geweißelt. Nur der alte grüne Linoleumboden war zwar fleißig geschrubbt, aber nicht erneuert worden. An der Innenseite der zugemauerten Schaufenster (an denen nur hoch oben ein durchgehendes Fensterband ausgespart blieb) hatte mir der Schreiner offene Regale für Töpfe und Pfannen eingebaut. In der Mitte hatte er einen Platz für die ausrangierte Schultafel, die Regine organisiert hatte, frei gelassen. Hier konnte jeder den Menüplan für die laufende Woche studieren. Es gab keine Speisekarte, also auch keine Auswahl. Wenn einer der Stammgäste ein bestimmtes Essen verabscheute oder aus anderen Gründen nicht kommen wollte oder konnte, musste er sich beizeiten abmelden. Kassiert wurde wöchentlich. Auf einer Liste hatte ich vermerkt, was die einzelnen Teilnehmer nicht vertrugen oder nicht mochten, und ich versuchte, nach Möglichkeit ihre Wünsche zu berücksichtigen. Ich kochte meistens gutbürgerlich, manchmal mediterran oder einen leichten Eintopf, jeden Donnerstag fleischlos. Ich begriff bald, dass es überaus schwer ist, alles so abwechslungsreich und lecker zuzubereiten, dass keine Langeweile und keine Beschwerden aufkommen, sondern Glück und wohliges Behagen. Trotzdem sah das Ganze anfangs ziemlich hausbacken aus:

Montag: Frikadellen mit Bratkartoffeln
Dienstag: Spaghetti bolognese
Mittwoch: Kalbsleber mit Kartoffelbrei
Donnerstag: Gemüse-Eintopf
Freitag: Hühnerfrikassee mit Reis

Dabei wäre es wohl auch geblieben, wenn der weitgereiste Kapitän mir nicht mit guten Ratschlägen und Tipps eine neue kulinarische Welt erschlossen hätte. Er meinte nämlich (wir sagten längst du zueinander): »Luxusessen wie auf Kreuzfahrtschiffen wird man schnell leid, Kantinen- oder Mensaessen erst recht. Da man es sowieso nicht allen recht machen kann, solltest du mit Variationen und Gewürzen hin und wieder etwas mutiger sein. Außerdem sind deine Gäste fast alle unter fünfzig, sind schon in der Welt herumgekommen und wollen nicht immer nur wie bei Muttern essen.«
 Von da an klang es schon etwas exotischer:

Montag: mit Hack gefüllte rote Bete auf russische Art
Dienstag: überbackene Orecchiette mit Lachsstreifen
Mittwoch: Lammcurry mit Rosinenreis
Donnerstag: Ratatouille
Freitag: Tandoori-Hühnchen

Auf der großen Menü-Tafel war so viel Platz, dass meine Kinder die Ränder mit bunter Kreide bemalen durften. Auch manche Gäste schrieben einen Wunsch, ihren Dank oder einen kleinen Vers an den Rand, andere zeichneten mit mehr oder weniger Talent ein Suppenhuhn, einen Blumenkohl oder einen Eisbecher. Tonja hatte einen Spruch aus einem Kalenderblatt abgeschrieben: *Alles Gute im Leben ist entweder ungesetzlich, unmoralisch, oder es macht dick.*

Mein Mittagstisch mochte ungesetzlich sein, unmoralisch aber nicht. Und dick durfte er auch nicht machen, weil – abgesehen vom Kapitän – alle Gäste berufstätig waren und es sich nicht leisten konnten, gnadenlos vollgestopft für den Rest des Tages unbrauchbar zu sein. Zum Beispiel das Paar aus einem nahegelegenen Elektroladen: Sie arbeitete im dortigen Büro, er war als Handwerker im Außendienst tätig, und beide hatten eine Stunde Mittagspause. Es schien ihnen gut bei mir zu gefallen, obwohl sie großen Respekt vor Regine und ihren Belehrungen hatten. In seiner Freizeit schloss der Elektriker sogar kostenlos einen sechsflammigen Gasherd mit großem Elektrobackofen an, den mir meine Mutter spendiert hatte. Im Übrigen hatte ich alle meine Gäste gebeten, in der Öffentlichkeit nichts über ihre private Kantine verlauten zu lassen und mich nur absolut vertrauenswürdigen und verschwiegenen Freunden zu empfehlen.

Markus, der hilfsbereite Elektriker mit den dunklen Locken, war der Einzige in unserer Runde, der etwas Praktisches gelernt hatte, und lag mir nicht nur deshalb am Herzen. Er hatte ein feines, schmales Gesicht, das zu seiner kräftigen Statur nicht ganz passte. Sein kurzer, gutgepflegter Oberlippenbart und seine randlose Brille gaben ihm einen intellektuellen Touch. Abgesehen von meiner persönlichen Sympathie fand ich es besser, dass die Lehrer in unserem Kreis nicht zu sehr dominierten, weil sie dauernd Ferien hatten und dann ausfielen. Die Freundin des Elektrikers war mir allerdings nicht sympathisch, sie war spitznasig, spitzohrig und spitzfindig. Und außerdem wahnsinnig neugierig. Natürlich konnte ich es nicht verhindern, dass meine Gäste vor ihrem Aufbruch fast gleichzeitig alle verschwinden wollten. Im Erdgeschoß gab es nur ein Klo, also musste mein Badezimmer im ersten Stock notfalls zur Verfügung stehen. Gretel, so nannte sich die spitzzüngige Schlange, schaffte es »zufällig« immer, die Toilette in meinem privaten Bereich zu benutzen. Von den Kindern wusste ich, dass sie sich alle Zimmer angeschaut hatte, selbst mein Schlafzimmer war nicht vor ihr sicher. Aber da ich mir den freundlichen Handwerker auf jeden Fall warmhalten wollte, machte ich gute Miene zum bösen Spiel.

Für eine alleinerziehende Frau mit kleinen Kindern ist es schwierig, abends auszugehen. In den letzten Jahren hatte ich es nur geschafft, wenn meine Mutter einmal angereist kam. Doch von Bonn bis an die Bergstraße waren es mehr als zwei Stunden. Caro hatte leider immer noch fürchterliche Angst im Dunkeln und schlief schlecht ein. Das Licht musste brennen und die Tür offen bleiben. Nun ging sie bereits in die erste Klasse, aber es war noch nicht daran zu denken, sie und ihren Bruder für ein paar Stunden allein zu lassen. Als ein Elternabend anstand, klagte ich dem Kapitän mein Problem. Ich hätte gern Carolines Lehrerin kennengelernt und an der Wahl der Elternsprecher teilgenommen. Der alte Herr strahlte und behauptete, es sei ihm ein Vergnügen, auf meine Kinder aufzupassen. Da sie ihn für eine Art Opa ansähen und grenzenloses Vertrauen zu ihm hätten, würde es bestimmt gut klappen. Er freue sich schon darauf, ihnen vor dem Einschlafen noch ein paar spannende Geschichten zu erzählen.

»Aber bitte nicht zu spannend!«, bat ich und war erleichtert.

Als ich an jenem Abend gegen halb elf heimkam, fand ich meine Kleinen und den Kapitän schlafend im Kinderzimmer vor und musste lachen. Obwohl mein Sohn bereits ein großes Bett hatte, wollte es kaum für den dicken Mann und zwei kreuz und quer liegende Grundschüler reichen. Der alte Herr schnarchte, was meine Küken aber nicht zu stören schien. Ich tippte ihn leicht an, er schlug die Augen auf, machte ein unerhört erstauntes Gesicht, grinste dann schuldbewusst und versuchte, sich vorsichtig von vier Ärmchen und Beinchen zu lösen. Ich trug Caro in ihr eigenes Bett und setzte mich mit dem müden Babysitter und einer Flasche Wein ins Wohnzimmer.

»War die reinste Wonne!«, sagte er. »Wir haben Schokoladeneis genascht, Witze erzählt, uns kaputtgelacht und sind wohl schließlich eingepennt. – Und wie war es bei dir?«

Er versprach, mir stets für solche Gefälligkeiten zu Diensten zu sein. »Die Kindheit meiner Tochter Tonja habe ich kaum mitgekriegt, ich war ja immer unterwegs. Leider Gottes kann ich auch kein biologischer Großvater werden – gern würde ich bei deinen Kindern etwas nachholen.«

Tonja lebte mit einer Frau zusammen, was aber heutzutage nicht unbedingt ein Grund war, auf Nachwuchs zu verzichten. Doch ich verkniff es mir im eigenen Interesse, derartige Möglichkeiten auch nur anzudeuten.

Alle naselang freute ich mich über Späße, die der Kapitän mit den Kindern machte, und erinnerte mich wehmütig, wie uns der verschollene Matthew zum Lachen gebracht hatte. Simon fragte mich zum Beispiel: »Was hat hundert Beine und kann doch nicht laufen?« Und als ich keine plausible Antwort wusste, erklärte er strahlend: »Fünfzig Hosen!«

Klar, dass meine vaterlosen Kinder auf einen so tollen Opa flogen. Im Kindergarten, in der Grundschule und zu Hause gab es nur Frauen, der Kapitän war ein Geschenk des Himmels. Doch die Schlange sollte für Unfrieden im Paradies sorgen.

Eines Tages blieb Gretel noch sitzen, als alle anderen Gäste bereits verschwunden waren und ich anfing zu wischen und aufzuräumen. »Musst du nicht ins Büro?«, fragte ich etwas ungehalten, denn ihre Anwesenheit störte mich. Sie habe heute frei, sagte sie.

»Nelly, in Wirklichkeit möchte ich mal allein mit dir sein, denn ich will dir schon lange etwas sagen. Immer wenn ich nach oben muss, sehe ich dort den Kapitän mit deinen Kindern am Küchentisch hocken, und deine Tochter sitzt im Allgemeinen auf seinem Schoß.«

»Ja, natürlich, das weiß ich. Sie klebt an ihm wie eine Klette!«, sagte ich, fast stolz.

»Du bist ein wenig naiv, liebe Nelly. Hast du die Diskussionen über die vielen entlarvten Pädophilen nicht verfolgt? Meistens ist es der nette Onkel, der hilfsbereite Nachbar, der Stiefvater, der angehimmelte Musiklehrer, ein Geistlicher, ein Sozialpädagoge, ein Trainer. Sie genießen für ihr Engagement das volle Vertrauen ihrer Schützlinge und deren Eltern und nutzen es auf infame Weise aus. Bist du nie auf die Idee gekommen, dass der Kapitän ein *dirty old man* sein könnte und sich nicht ohne Hintergedanken bei euch eingenistet hat? Außerdem hat er eine Alkoholfahne.«

»Ich bitte dich, Gretel, du siehst Gespenster! Er hat selbst keine Enkelkinder und ist froh, einen Ersatz gefunden zu haben. Ich lege meine Hand für ihn ins Feuer!«

»Dann hoffe ich sehr, dass du dich nicht verbrennst. Denk daran, dass ich dich gewarnt habe!« Mit diesen Worten stand sie auf und ging beleidigt davon.

Obwohl ich ihr böse war und kein Wort glauben mochte, war doch ein leichter Zweifel in mir erwacht. War ich wirklich naiv und gutgläubig, hatte ich die Augen verschlossen, bloß weil das Arrangement zwischen dem Kapitän und mir so praktisch war? Ich beschloss, dem neuen Opa etwas mehr auf die Finger zu sehen und die Kinder ausführlich über ihre gemeinsamen Spiele auszuhorchen. Wenn sie dann allerdings von ihm schwärmten, wurde ich fast ein wenig eifersüchtig. Es verging auch kaum ein Tag, an dem er ihnen nicht etwas mitbrachte, zwar keine teuren Spielsachen, aber mal ein Päckchen Knete, mal neue Kreide für die große Tafel oder ein paar Bonbons. War das nicht genau das billige Klischee vom bösen Onkel, der sich mit Süßigkeiten einschleimt?

Und beruhten Klischees und Vorurteile nicht zuweilen auf unguten Erfahrungen? Es war schließlich kein Ammenmärchen, dass Seefahrer, die oft monatelang von ihren Familien getrennt waren, ein Hafenbordell aufsuchten. Als Oberkellner auf einem Luxusdampfer hätte unser »Kapitän« früher sicherlich die Gelegenheit gehabt, sich in Thailand eine

Elfjährige zu kaufen. Vielleicht war er auf den Geschmack gekommen… Ich schüttelte mich bei dieser Vorstellung, verfluchte die Schlange, verdrängte meine finsteren Gedanken und beschäftigte mich wieder mit den täglichen Herausforderungen.

Es gibt Tage, da geht alles schief. Ich hatte zwar geglaubt, alles Nötige für das Mittagessen eingekauft zu haben, aber ausgerechnet Salz sowie das von mir bevorzugte Traubenkernöl waren ausgegangen. In aller Eile fuhr ich zum Supermarkt und kam dadurch in Zeitnot. Als ich endlich wieder zurück war, stand der Kapitän bereits vor der Haustür und meinte, es sei vielleicht gut, wenn er auch einen Hausschlüssel habe, dann könne er in solchen Fällen schon mal mit der Arbeit beginnen. Ich war nervös und sagte nicht eben freundlich: »Du hältst dich wohl für unentbehrlich!«

Er sagte nichts, war aber bestimmt gekränkt. Als wir schließlich gemeinsam in der Küche arbeiteten und ich den Kirschauflauf vorbereitete, ließ er ständig seine abgedroschenen Seemannsgeschichten vom Stapel. Das Rezept für Clafoutis, den es zum Nachtisch geben sollte, ist im Grunde ganz einfach, man braucht nur Mehl, Quark, Zucker, Eier, Salz und Milch zu verrühren und über die Kirschen in die Tarte-Form zu gießen. Unkonzentriert, wie ich war, vergaß ich den Zucker und merkte es erst, als der Auflauf bereits fertig war und der gefüllte Messbecher immer noch auf der Anrichte stand. Zum zweiten Mal fuhr ich den armen Kapitän mit harschen Worten an und gab ihm die Schuld für meine Fahrigkeit.

»Mit dir ist aber heute nicht gut Kirschen essen«, meinte

er in dem vergeblichen Versuch, mich durch ein Wortspiel aufzuheitern.

Bereits in meiner Jugend hatte ich darunter gelitten, wenn meine Mutter ihre schlechte Laune an ihren Lieben ausließ. Als mein Vater noch lebte, war er der Leidtragende, später war ich es. Nun verfiel ich womöglich in das gleiche Muster.

In diesem Moment klingelte es an der Tür, und Simon kam nach Hause. Er greinte leise vor sich hin. »Ich hab' alle Matheaufgaben falsch!«, schluchzte er, dabei war Rechnen eigentlich seine Stärke. Wie konnte das nur geschehen? »Der Opa hat's mir vielleicht falsch erklärt«, behauptete Simon, und der Kapitän bekam einen roten Kopf.

»Das kommt alles von deiner Sauferei!«, brüllte ich ihn an, als im gleichen Moment der erste Gast anklopfte. Unter Tränen machte Simon die Tür auf und begrüßte den Mann im blauen Overall, den er ein wenig anhimmelte. Der unglückliche Junge ließ sich umarmen und trösten. Doch schon schlängelte sich hinter Markus die schreckliche Gretel herein. »Und wo ist Caro?«, fragte sie süffisant, und erst jetzt fiel mir auf, dass meine Tochter schon längst zu Hause sein müsste. Vor Schreck fiel mir die gläserne Kanne mit Eistee zu Boden, aus dem Backofen qualmte es unheilverkündend.

Da tauchte Gott sei Dank Regine auf. »Bevor der Hauptgang anbrennt«, sagte sie, »und unsere wackere Nelly ganz ihre Contenance verliert, werde ich die kleine Kröte suchen gehen.«

Ich war ihr unendlich dankbar, als sie nach fünf Minuten meine verloren geglaubte, überhaupt nicht zerknirschte Tochter samt einer fremden Katze im Vorgarten eines Nachbarn entdeckte und beide bei mir ablieferte.

Doch der verfluchte Tag war noch nicht zu Ende, wenn auch das Essen von meinen Gästen höflich gelobt wurde. Ich machte drei Kreuze, als ich schließlich allein war, kehrte die Glasscherben zusammen und genehmigte mir einen Kaffee. Leider stand ich immer noch unter Dampf und hätte beinahe nach der fremden Katze getreten, die immer noch unter dem Tisch saß und sich nicht hinausscheuchen lassen wollte. Schließlich ging ich nach oben, um nach meinen Kindern zu schauen.

Simon grübelte ganz allein über seinen Rechenaufgaben und versuchte, seine Fehler zu begreifen. Ich wuschelte ihm über den Lockenkopf und sah mich suchend nach Caro um. Auf dem Wohnzimmersofa hielten zwei Personen Siesta, mein kleines Mädchen eng an den mächtigen Bauch des Kapitäns geschmiegt. Das war zu viel, ich explodierte.

»Kinderschänder!«, brüllte ich. »Raus aus meinem Haus, aber sofort!«

3

Hänsel und Gretel

Noch am selben Abend meldete sich Tonja und sagte in betont sachlichem, jedoch eiskaltem Ton, sie wolle sich und ihren Vater für den Mittagstisch abmelden.

»Es tut mir leid«, stotterte ich, und der Schweiß trat mir auf die Stirn. »Es kann sich nur um ein Missverständnis handeln, lass mich erklären, ich wollte bestimmt nicht –«

»Ich rede erst wieder mit dir, wenn du dich in aller Form bei meinem Vater entschuldigt hast«, sagte Tonja und legte auf.

Ich war völlig verstört. Falls ich dem Kapitän unrecht getan hatte – und es sah ganz danach aus –, dann hatte ich ihn mit Sicherheit sehr verletzt.

In meiner Not rief ich noch spät am Abend Regine an. Sie reagierte bestürzt. »Wie konntest du nur auf so eine intrigante Schurkin wie diese Gretel hereinfallen. Du solltest ihr flugs den Garaus machen, ins Feuer oder in den Backofen mit ihr! Dieser elende Hungerhaken! Die verdirbt uns noch unsere ganze Tischrunde. Ständig meckert sie am Essen und macht nichts als hinterhältige Bemerkungen.«

»Du hast ja recht, aber das hilft mir auch nicht weiter. Sag mir lieber, was ich jetzt machen soll.«

»Zu Kreuze kriechen musst du auf jeden Fall, aber ich

würde ein paar Tage warten, bis sich die Wogen geglättet haben. Und ich werde morgen mal mit Tonja reden und ihr erklären, dass alles ein Missverständnis ist«, versprach sie.

»Ist es dir denn völlig entgangen, warum sich der *Capitano* so fürsorglich um deine Sprösslinge gekümmert hat?«

»Wie meinst du das?«, fragte ich verunsichert.

»Wie kann man nur so ein Einfaltspinsel sein«, wetterte sie. »Das sieht doch ein Blinder mit Krückstock, dass er von Amors Pfeil getroffen wurde!«

»Verliebt? Etwa in mich?«

»In wen denn sonst?«

Ich schwieg völlig verdattert, an diese Möglichkeit hatte ich nicht im Entferntesten gedacht. Geschmeichelt war ich nicht, im Gegenteil. Es schmeckte mir nicht, dass sich der Kapitän am Ende Hoffnungen gemacht hatte. Das Angenehme unserer Zusammenarbeit war die freundschaftlich-familiäre Kameradschaft gewesen, ungetrübt von erotischen Komplikationen. Ganz abgesehen davon konnte er vom Alter her mein Papa sein, ich mochte mir eine Liebesbeziehung zu einem dicken alten Mann erst gar nicht vorstellen, ich hatte keinen Vaterkomplex.

Gleich am nächsten Tag bekam ich leidvoll zu spüren, wie sehr ich mich an die Hilfe des Kapitäns gewöhnt hatte, wie viel länger die Vorbereitungen dauerten, wenn ich alles ganz allein bewältigen musste. Zudem fragten mich die Gäste wiederholt, ob der alte Herr krank sei, und vor allem jammerten die Kinder ihrem Opa nach.

»Es geht ihm nicht gut«, redete ich mich raus.

»Ich weiß, wo der Opa wohnt«, sagte Simon. »Ich werde

ihn zusammen mit Caro besuchen. Mit Kuchen und Wein, so wie zwei Rotkäppchen!«

Ich zögerte mit der Antwort. Auch ich würde ihm über kurz oder lang meine Aufwartung machen müssen. Ihn bloß anzurufen hielt ich für keine gute Idee, sicher würde er einfach einhängen. Aber es fiel mir schwer, mich aufzuraffen, ich ließ Tag um Tag verstreichen, ohne den Gang nach Canossa anzutreten. Sollte ich die Kinder mitnehmen? Ich überredete sie, ihm erst einmal ein Briefchen zu schreiben.

«LIEBER OPA, WIR VERMISSEN DICH SEHR! GUTE BESSERUNG!«, schrieb Simon mit Füller, und Caroline malte noch zwei rosa Herzen und eine Sonne dazu und kritzelte: »*Kombald wider.*« Mein Sohn übernahm es persönlich, den Brief wegzubringen.

»Ich freue mich schon darauf, dass der Opa wieder herkommt. Tassilo hat mir nämlich beigebracht, wie man künstlich rülpst, das muss ich unbedingt dem Opa zeigen«, sagte er, und seine kleine Schwester zog eine angeekelte Schnute.

Mich quälten in diesen Tagen immer wieder schreckliche Alpträume. Meine ganze Wut richtete sich gegen Gretel, die mir den Schlamassel eingebrockt hatte. Im Traum schob ich sie – nach einem Rezept von Regine – zusammengeschnürt wie einen Rollbraten in meinen großen neuen Backofen. Schweißgebadet wachte ich auf. Eines Morgens kam mir schließlich die Erkenntnis, dass ich sie nicht nur wegen ihrer Hetzerei so hasste, sondern weil ich eifersüchtig war. Den netten Elektriker gönnte ich ihr ganz und gar nicht. Hatte mich Amors Pfeil etwa auch getroffen, wie Regine sich ausgedrückt hatte? Es wäre zwar konsequent gewesen, die boshafte Gretel von meiner Gästeliste zu streichen, aber damit wäre ich auch den gutaussehenden Markus losgeworden.

Am *Veggieday* waren Hänsel und Gretel, wie wir sie mittlerweile nannten, nie dabei, da ging Markus wohl lieber einen Big Mac essen, und sie hielt Diät. Im Übrigen hieß auch sie nicht Gretel, sondern Claudia Margarete Schündler, doch das war ihr wohl nicht originell genug. An Donnerstagen waren die Lehrer also fast unter sich und diskutierten diesmal über einen Schülerstreich, den niemand lustig finden konnte. Etwa hundert Schritte vor dem Gymnasium befand sich ein Verkehrsschild mit einem Gefahrenhinweis: *Achtung, Schule!* Irgendein Idiot hatte bereits zweimal mit rotem Nagellack ein W zwischen h und u gequetscht, so dass jetzt vor Schwulen gewarnt wurde. Der Hausmeister sowie ein Polizist hatten das fatale W mühsam entfernt, doch der wohl relativ hochgewachsene Übeltäter, offenbar ein älterer Schüler, hatte es in dunkler Nacht wieder eingefügt.

Regine bat mich, da ich doch in unmittelbarer Nähe wohne, dieses Schild etwas im Auge zu behalten. Tonja könne sich von dieser Diskriminierung verletzt fühlen.

Nach einer Woche war ich mit den Nerven am Ende. Als die Kinder in der Schule waren, machte ich mich endlich auf den Weg. Der Kapitän wohnte in einem Mehrfamilienhaus aus den siebziger Jahren; er öffnete im Bademantel. Leider war ich vor Aufregung viel zu früh gekommen, ein alleinstehender Rentner konnte natürlich aufstehen, wann immer er wollte. Ich überreichte ihm ein Sträußchen rote und blaue

Anemonen und flüsterte: »Ich komme, um mich zu entschuldigen.«

Er sagte nichts, bedeutete mir nur mit einem Wink, hereinzukommen. Wir setzten uns in zwei fleckige beige Plüschsessel; die Sonne strahlte durch die Doppelfenster und beleuchtete unbarmherzig den abgewetzten Perser und die ergrauten Gardinen. Auf dem Tisch stand eine Flasche Calvados, die er eilig wegräumte.

Dann sah er mich mit versteinerter Miene an und sagte: »Ich warte.«

Die Schuld schob ich hauptsächlich auf Gretel, aber sie lastete auch schwer auf mir. Ich versuchte zu erklären, wie sehr ich an jenem verfluchten Tag gestresst und durcheinander war und leider meinen Frust an meinem einzigen wahren Freund ausgelassen hatte.

Dann schwiegen wir beide, ich sah voller Scham zu Boden. Schließlich meinte der Kapitän: »Ich habe lange über deinen ungerechten Ausbruch nachgedacht. Wir leben schon in einer verrückten Zeit. Manche Väter trauen sich kaum mehr, mit ihrer kleinen Tochter in der Wanne zu planschen, Opas werden auf dem Spielplatz mit scheelen Blicken bedacht. Ich bestreite ja nicht, dass es pädophile Täter gibt, aber man darf doch nicht vergessen, dass ein unbefangener Umgang mit Kindern für jeden normalen Mann etwas Schönes und Natürliches ist!«

Ihm kamen die Tränen, mir schließlich auch.

Nach einer halben Stunde verabschiedete ich mich mit einer zaghaften Umarmung, mein Helfer versprach, bereits am nächsten Tag wieder zu uns zu kommen.

Als wir schon an der Tür standen, sagte er noch: »Tonja

weiß von ihren Kollegen, dass diese Unheilstifterin nicht sonderlich beliebt ist, warum kündigst du ihr nicht einfach?«

»Dann wird auch Markus wegbleiben. Ich kann es mir nicht leisten, gleich zwei zahlende Gäste zu verlieren«, sagte ich. »Mein Mittagstisch ist bis jetzt kein lohnendes Geschäft, ohne die Unterstützung meiner Mutter käme ich nicht über die Runden. Wenn an fünf Tagen zwölf Leute in wechselnder Besetzung hier essen und auch für Extras wie Espresso oder frischen Saft bezahlen, dann geht meine Rechnung so eben auf. Die Lehrer fallen sowieso dauernd aus. Deswegen bin ich sehr froh, dass wir seit letzter Woche zwei Neue am *Veggieday* haben – einen Versicherungskaufmann und eine Hautärztin. Außerdem soll auch Tassilo auf Wunsch seiner Mutter regelmäßig bei uns essen. Bei diesem Däumling kann ich allerdings nicht den vollen Preis verlangen.«

Auf dem Heimweg überlegte ich, ob man Regine recht geben musste und der Kapitän tatsächlich Frühlingsgefühle entwickelt hatte. Und wenn, warum war ausgerechnet ich die Auserwählte? Ich bin nicht wirklich hübsch, Matthew nannte mich zuweilen *Funny Face*. Meine Haare sind meistens etwas fettig, meine Beine zu kurz, meine Hände zu breit, meine Nase ist zu groß, mein Kopf zu rund. Wenn ich mich kritisch betrachte, sehe ich trotz allem kein Aschenputtel, sondern ein sympathisches Gesicht im Spiegel – aber wer lächelt sich selbst nicht anerkennend zu! Das Gute an meinem neuen Beruf war, dass ich langsam, aber stetig abnahm und figürlich sehr zufrieden mit mir sein konnte. Zwar gehörte es zu meiner Rolle als Gastgeberin, mitsamt meinen

Kindern am Tisch zu sitzen und mitzuessen, doch in der Praxis kam ich kaum dazu. Außerdem hatte ich immer Angst, es würde nicht reichen und die Gäste könnten nicht satt werden. Aus diesem Grund blieb meistens eine ganze Menge übrig. Bevor uns der Kapitän am Nachmittag verließ, machte er sich oft noch über die Reste her.

Natürlich wirkt man mit Schürze, bequemen Latschen und erhitztem Gesicht nicht so attraktiv wie berufstätige Frauen, die wie Gretel gut geschminkt in Highheels daherkommen. Überhaupt musste der Neid ihr lassen, dass sie aussah wie eine gestylte Fernsehmoderatorin: Ihr nach rechts gekämmtes blondes Haar reichte ihr bis auf die Schulter, links blitzte allerdings ein spitzes Ohr hervor, ihr einziger Schönheitsfehler. Sie war groß und schlank, eigentlich zu dünn, ja fast magersüchtig. Männer mochten sie sexy finden. Ich hielt diese Barbiepuppe für fade und hinterhältig. Im Grunde war Tonja mit ihrem fuchsroten Bubikopf, den violetten Klamotten und kirschrotem Lippenstift viel schöner. Dagegen wirkte Regine mit der starken Brille und den Dackelfalten auf der Stirn ein ganzes Stück älter als ich, obwohl sie es nicht war. Meistens trug sie alpenländische Janker mit grünen Paspeln und Hirschhornknöpfen. Sie hatte jahrelang ein Verhältnis mit einem verheirateten Mann gehabt und litt immer noch darunter, dass der eine jüngere Geliebte gefunden hatte. Die anderen Frauen, die zum Essen kamen, waren keine Konkurrenz für mich, sondern Zahlvieh, wie ich sie insgeheim nannte. Und auch die Männer, die teils alleinstehend, teils verheiratet waren, interessierten mich nicht. Nur Markus bedeutete mir mehr. Außerdem war er der Einzige, der sich für die genaue Zusammensetzung meiner Gerichte und für die Zutaten interessierte und mich nicht nur als Hausmütterchen, sondern auch als Persönlichkeit wahrnahm. Er war mir der liebste Gast, ich hatte ihn mir ja auch selbst an Land gezogen. Er war es nämlich, der neue Leitungen in der Küche verlegt und mir beim Einrichten viele gute Tipps gegeben hatte. Meine Eroberung! Zu spät erkannte ich, dass er schon in festen Händen war.

Viel zu oft musste ich an Gretel denken. Warum war sie bei ihrem blendenden Aussehen nicht Model geworden? Warum hatte sie einen Handwerker als Freund und nicht einen Filmproduzenten, Fotografen oder reichen Gönner? Der Grund lag wohl darin, dass sie weder besonders klug noch besonders selbstbewusst war, denn sie fiel auf Regines Klugscheißereien immer herein und bedachte meine Freundin mit bewundernden Blicken. Seltsam, dachte ich, die eine wäre sicherlich gern schöner, die andere lieber eine Intelligenzbestie geworden. Gretel verehrte Regine, mich akzeptierte sie nur, weil Markus es bei uns bequem und behaglich fand. Als der Kapitän nicht mehr bei uns erschien, lobte sie mich zuckersüß:

»Wie gut, dass du auf meinen Rat gehört und den Kapitän mitsamt Tonja rausgeschmissen hast! Ich ahnte von Anfang an, dass der alte Lüstling ein dunkles Geheimnis hat, doch als er sich so intensiv mit deinen Kindern beschäftigte, war mir alles klar. Bestimmt hat er sich früher auch an seiner eigenen Tochter vergriffen, und sie ist deswegen lesbisch geworden.«

Das ging mir nun endgültig zu weit. Die sollte mich noch kennenlernen!

Mehr als sechzehn Personen passten leider nicht an meinen großen Tisch, und ich musste vorerst ablehnen, als Markus mir ein weiteres Freundespaar ans Herz legte. Ein Kfz-Mechatroniker mit eigener Werkstatt hätte mir angesichts meiner uralten Karre zwar ausgezeichnet in den Kram gepasst, aber wo sollten er und seine Frau Platz nehmen? Einige Tage später machte mir der Kapitän einen Vorschlag: Er besaß noch einen Vierertisch aus Massivholz, den er ausrangiert hatte. Es wäre doch praktisch und für ihn ein großes Vergnügen, wenn man einen Opa-Kinder-Katzentisch in der hintersten Ecke aufstellen würde. Liebend gern würde er Simon, Caroline, Tassilo und die schwarzweiße Mieze, die sich mittlerweile stets pünktlich zur Essenszeit bei uns einstellte, vor Gretels kritischen Blicken bewahren. Umgeschüttete Gläser, grapschende Kinderpfoten und Rülpser seien dann kein Drama mehr. Doch vor allen Dingen könnten vier neue Zahlgäste aufgenommen werden. Außerhalb der Schulferien und in Stoßzeiten müsste ich dann allerdings für siebzehn Erwachsene und drei Kinder kochen. »*No problem,* wenn du mir zur Seite stehst! Wir beide sind ein starkes Team«, meinte ich siegesgewiss.

4

Ein Foto bei Nacht

Manchmal gibt es Zufälle, die können fast keine sein. Als ich nach einem anstrengenden Tag um elf ins Bett gehen wollte, das Licht bereits ausgemacht hatte und das Fenster zum Lüften weit öffnete, schaute ich noch einmal hinaus. Draußen war es abgesehen vom trüben Schein einer Straßenlaterne dunkel, eine einzige Person schien noch unterwegs zu sein. Ich wollte gerade die Gardinen zuziehen, als ich eine aufblitzende Taschenlampe direkt vor dem Warnschild der Schule bemerkte. Aha, unser krimineller Jüngling, dachte ich, gleich wird er den Nagellack herausziehen und ein rotes W pinseln. Und tatsächlich, ich hatte recht. Aber was tun? Ich hatte nicht den Mut, im Schlafanzug die Treppe hinunterzuflitzen, auf die Straße zu rennen und den Täter zu stellen. Lieber griff ich zum Handy, um die Polizei zu rufen. Doch der Notruf war bestimmt für schlimmere Fälle vorgesehen. Außerdem wäre der Kerl längst weg, bevor eine Streife vorbeikommen konnte. Da kam mir zum Glück noch eine zündende Idee. Das Foto wurde zwar unscharf, aber ich konnte trotzdem beim gemeinsamen Mittagessen damit angeben. Zufrieden legte ich mich hin und schlief sofort ein.

Als ich am nächsten Tag mit dem Kapitän am Küchentisch hockte, fiel mir das nächtliche Abenteuer wieder ein. Ich hielt meinem Helfer mein neues Smartphone unter die

Nase und erzählte ihm die komplette Geschichte, denn er war ja nicht dabei gewesen, als vom Schwulen-Schild die Rede war. Der Kapitän ließ den Kartoffelschäler sinken, kramte in den Tiefen seiner Hosentasche, legte einen zusammenklappbaren Korkenzieher, eine Packung Papiertücher, ein Taschenmesser, zwei Büroklammern, eine Schnur sowie einen Schlüsselbund neben das Schneidebrettchen und zog schließlich triumphierend eine kleine Lupe heraus. Lange betrachtete er sich das Foto. Ich musste mir ein Lachen verkneifen, aber woher sollte der Kapitän so etwas Neumodisches wie die Zoomfunktion eines Handys kennen?

»Das ist wahrscheinlich ein großes Mädchen«, meinte er. »Unter der Kappe kommen lange Haare zum Vorschein, das sieht man bei den heutigen Jungs nur noch in Ausnahmefällen.«

Nun bemerkte ich es auch, außerdem erkannte ich plötzlich den modischen Trenchcoat.

»Was ist das doch für eine hinterhältige Person! Die Frau mit den langen Haaren ist niemand anderes als Gretel, die uns schon einmal so übel mitgespielt hat! Was machen wir nun?«

»Kein Problem«, sagte der Kapitän. »Gemein sein können wir auch. Wir werden ihr etwas in die Suppe rühren, dass sie drei Tage lang nicht vom Topf runterkommt. Vielleicht Rizinusöl?«

»Lieber nicht, das musste ich als Kind mal schlucken, das scheußliche Zeug kommt dir noch drei Tage später hoch!«

»Es gibt bestimmt geschmacksneutrale Tropfen aus der Apotheke.«

»Sie wird uns aber sofort verdächtigen, wenn sie gerade hier gegessen hat«, wandte ich ein.

»Nicht zum ersten Mal hat sie sich ganz dreist eine besonders schöne Birne aus der Obstschale geangelt, sie eingesteckt und wohl erst zu Hause oder im Büro reingebissen. Denk doch mal an Schneewittchen, das wurde durch einen vergifteten Apfel lahmgelegt«, beharrte er auf seiner Idee.

Ich musste lachen. »Du und deine Märchen! – Aber stell dir mal vor, ein anderer Gast oder gar eines meiner Kinder schnappt sich das präparierte Obst! Ich bin eher dafür, sie öffentlich zu blamieren.«

Etwa zwei Stunden später empörte sich Regine über das frisch bemalte Warnschild. »Schon wieder so eine Perfidie«, schimpfte sie. Darauf hatte ich nur gewartet. Ich zoomte das Foto groß und überreichte ihr das Handy.

»Stammt von heute Nacht«, sagte ich stolz. »Vielleicht ist es ja jemand aus deiner Klasse, und du kannst ihn erkennen?«

Regine schüttelte nach kurzem Hinschauen den Kopf; Tonja, die neben ihr saß, übernahm neugierig mein Smartphone. Ihr Vater konnte sie noch nicht über unseren Verdacht informiert haben, denn sie kam ja direkt aus der Schule. Tonja legte das Handy sofort beiseite und fragte, ob ich das unscharfe Foto nicht auf einen größeren Bildschirm übertragen könne. Ich hatte keine Ahnung, wie man so etwas machte.

Einer der Lehrer war braungebrannt wie ein Brathähnchen, und ich hatte ihn allein deswegen für eine Dumpfbacke gehalten, doch er kannte sich aus. Nach kurzer Zeit hatte er eine drahtlose Verbindung über WLAN aufgebaut und in wenigen Schritten ein stark vergrößertes Bild auf meinen Fernseher gezaubert, das nun alle mit großen Augen betrachteten.

»Das ist doch eindeutig eine Frau!«, rief Regine.

»Seht euch das Foto mal genau an, kommt sie euch nicht bekannt vor?«, fragte ich.

Alle starrten jetzt auf Gretel, die puterrot wurde. »Ich muss eine Doppelgängerin haben«, brachte sie schließlich hervor. »Dieses Mädchen hat zufälligerweise einen ähnlichen Mantel wie ich…«

Keiner sagte etwas dazu. Doch der Fall war eindeutig. Einzig die Sneakers passten nicht ganz ins Bild der sonst so makellos gestylten Blondine. Schließlich verließ ich den Raum, holte den Nagellackentferner und stellte das Fläschchen neben Gretels Wasserglas. »Wenn du jetzt gleich losgehst, hast du in deiner restlichen Mittagspause noch Zeit zur Wiedergutmachung.«

Markus erhob sich. »Ihr seid ungerecht und habt keinen Humor«, sagte er finster, nahm seine Gretel an die Hand und ging. War ihm nie aufgefallen, dass seine Freundin schon mehrmals spätabends ganz allein das Haus verlassen hatte?

Die im Allgemeinen so heitere Stimmung war plötzlich auf den Nullpunkt gesunken. Jeder tuschelte leise mit seinen Nachbarn, immer wieder schaute man auf den Bildschirm, bis ich den Fernseher schließlich ausmachte. Zum Glück blieb niemand mehr lange sitzen, Tonja ging als Erste, umarmte mich auf der Schwelle und dankte mir für meinen Mut.

Simon und Caro hatten überhaupt nicht verstanden, worum es ging. Sie blieben nach dem Essen sowieso nie auf ihren Plätzen, sondern hatten sich wie immer mit dem Kapitän in die obere Etage verzogen. Über mir hörte ich, wie er den Kindern einen alten Schlager vorsang: *Das kann doch einen Seemann nicht erschüttern!*

Ich räumte nicht auf, ließ alles stehen und liegen, lief ins Schlafzimmer und hätte am liebsten geheult. Als ich die Vorhänge zuziehen wollte, sah ich gewohnheitsmäßig auf die Straße hinunter. Es war Markus, der sich gerade abmühte, das Warnschild vom roten W zu befreien; von Gretel war weit und breit nichts zu sehen.

Daraufhin warf ich mich aufs Bett und flennte, was das Zeug hielt. Dieser verfluchte Kerl hielt nicht nur eisern zu seiner gemeinen Freundin, sondern nahm ihr auch noch die beschämende Arbeit ab. Verdammt gut hatte er ausgesehen in seiner blauen Latzhose, die ein wenig wie eine Verkleidung wirkte. Er hatte sich nie gescheut, dieses Markenzeichen auch beim Essen zu tragen. Nur die Baseballkappe nahm er immer von seinem dunklen Lockenkopf herunter, rollte sie zusammen und stopfte sie in die Brusttasche. Eine Schande, dass dieses Prachtexemplar von Mann auf eine falsche Schlange hereingefallen war.

Ich hatte zu früh getrauert. Am nächsten Tag erschien das Objekt meiner Sehnsucht tatsächlich wieder zum Mittagessen, und zwar ohne Gretel. Sie mache gerade eine Diät, denn sie habe zugenommen – sicherlich, weil es bei mir einfach zu gut schmecke. Selbstverständlich werde sie die laufende Woche noch bezahlen. Auf die Sache mit dem roten W ging er nicht weiter ein, auch mir war es peinlich. Aber Regine hatte eine sehr direkte Art, die Dinge auf den Punkt zu bringen.

»Hoffentlich schämt sich dein Augenstern in Grund und Boden!«, polterte sie. »Mit der bist du ganz schön gebeutelt, du musst sie Mores lehren und ihr die Allüren austreiben! Eine feige Drückebergerin ist sie noch dazu! Hat sie noch nie was von *political correctness* gehört?«

Markus grinste verunsichert und behauptete, es handle sich nur um einen albernen Streich. Gretel sei erst vierundzwanzig und manchmal etwas unreif. Hinter ihr liege eine schwere Kindheit und Jugend und –

»Das entschuldigt gar nichts, da kenne ich kein Pardon«, sagte Regine streng. »Alle Verbrecher wollen vor Gericht damit durchkommen! Aber jetzt wollen wir essen, es hungert und dürstet mich.«

Natürlich war die Ausrede von Gretels Diät mehr als faul, denn niemand in unserer Runde hatte das Abnehmen weniger nötig als sie, ja bei ihr wurde man das Gefühl nicht los, sie müsste zwangsernährt werden. Aber durch ihre Abwesenheit stiegen meine Chancen. Inzwischen wusste ich, was Markus besonders gern aß (eher bodenständig, kalorienreich, frisch, gut gewürzt). Ich verwöhnte ihn, so gut es der allgemeine Plan zuließ. Er wiederum sagte mir mehr als einmal, wie sehr er sich auf den Mittagstisch freue, dass ich eine geniale Köchin sei und bei all dem noch eine liebenswerte, lockere Gastgeberin.

»Bei euch geht es immer leger zu, man kann auch mal mit einem Stück Brot die gute Sauce auftunken und die Serviette zerknüllt auf dem Teller liegen lassen. Man fühlt sich einfach wohl, es schmeckt immer gut, auch die Gespräche sind anregend. Du bist eine wahre Künstlerin!«

Das ging mir runter wie das Kirschwasser meiner Lieblingspralinen.

»Wird Gretel denn irgendwann wiederkommen?«, fragte ich vorsichtig.

Er hoffe schon, sagte Markus, aber im Augenblick krisele es in ihrer Beziehung. Sie nehme es sehr übel, dass er uns treu geblieben sei, leider richte sich ihre Wut auch gegen mich. »Vielleicht ist sie ein bisschen eifersüchtig, weil ich deine Küche so liebe …«

Noch besser wär's, er würde mich lieben, dachte ich, aber was nicht ist, kann ja noch werden. Liebe geht bekanntlich durch den Magen.

Nachdem die anderen Gäste gegangen und meine Kinder im oberen Bereich mit Schulaufgaben beschäftigt waren, blieb Markus als einziger noch da und half mir beim Einräumen der Spülmaschinen. Bei dieser Gelegenheit fragte ich scheinheilig, ob die gertenschlanke Gretel wirklich eine Diät brauche, sie habe schließlich immer sehr diszipliniert gegessen.

Markus lächelte gequält. In Gesellschaft esse sie fast gar nichts, aber nachts werde sie oft durch heftigen Hunger geweckt, schleiche sich in die Küche und stopfe sich voll. Danach ziehe sie sich einen Mantel über den Schlafanzug und laufe in ihrer Verzweiflung ins Freie, um durch Joggen die Kalorien wieder loszuwerden und sich abzureagieren. Kurz darauf gebe sie trotzdem das gesamte Essen wieder von sich, es sei schrecklich.

»Also Bulimie!«, stellte ich fest. »Sie müsste in ärztliche Behandlung.«

»Ach, sie hat ja schon mehrmals eine Therapie gemacht. Danach ging es eine Weile lang gut, dann fing es wieder an. Du kannst dir gar nicht vorstellen, was ich durchgemacht habe. Ohne mich wäre sie völlig verloren.«

Alles war komplizierter, als ich dachte. Der anständige Markus würde seine psychisch kranke Freundin nicht so schnell verlassen. Sein Helfersyndrom war anscheinend stark ausgeprägt. Meines dagegen weniger.

Meine Gäste hatten alle versprochen, kein Wort über das mittägliche Treffen auszuplaudern. Und sollte mir zufällig doch eine Behörde auf die Schliche kommen, dann hatten wir uns auf folgende Ausrede geeinigt: Wir seien alle miteinander befreundet und hätten einen privaten Verein oder Klub gegründet, wo man gemeinsam koche, esse und die Kosten anteilig trage. Dagegen konnten eigentlich weder die Finanzbeamten noch die vom Gewerbeaufsichtsamt etwas einwenden. Trotzdem war ich immer ein wenig ängstlich, wenn ich größere Mengen einkaufte, und wechselte deswegen dauernd von einem Supermarkt zum anderen. Beim Hereinschleppen der Ware wurde ich gelegentlich aus den umliegenden Häusern beobachtet. Die Nachbarn machten sich sicherlich ihre Gedanken, wenn um die Mittagszeit ein Gast nach dem anderen eintrudelte. Doch man war mir offenbar wohlgesinnt, einige hatten sogar meine freundlichen Großeltern noch gekannt. Ich hatte auch den Nachbarn das gleiche Lügenmärchen aufgetischt und sie darum gebeten, nichts über unseren privaten Klub verlauten zu lassen. Wahrscheinlich bemitleidete man mich ein wenig, weil ich ganz allein für meine Kinder sorgen musste, hakte deswegen nicht weiter nach und ließ fünfe gerade sein.

Wie an allen Samstagvormittagen stellte ich den Speiseplan für die nächste Woche zusammen, wobei mich der Kapitän mit guten Ratschlägen unterstützte. Meine Kinder tobten mit ihren Freunden auf dem leeren Pausenhof der Schule, bis der Hausmeister sie irgendwann verscheuchte. Vor mir lag die Gästeliste, auf der vermerkt war, wer für welche Tage angemeldet war und wer welche Speisen überhaupt nicht essen mochte oder nicht vertrug. Bei Fisch hatten wir Glück, da gab es keine Verweigerer, dafür bei Innereien gleich mehrere. Regine hasste Knoblauch, Markus verschmähte Kapern und so weiter.

»Sieh mal einer an!«, sagte der Kapitän, der meine Notizen aufmerksam studierte. »Die Gretel hat eine Erdnussallergie! Das haben wir noch nie berücksichtigen müssen, weil wir nur selten asiatische Gerichte anbieten. Meine verstorbene Frau hatte eine Muschelallergie. Damit ist nicht zu spaßen! Wir aßen im Urlaub eine Paella, da fing es an: Ihre Nase lief, die Augen tränten, sie spürte ein merkwürdiges Prickeln in der Mundhöhle und musste schließlich erbrechen. Wir wussten gar nicht, woher es kam, erst beim zweiten Muschelessen war die Sache klar, denn da bekam sie sogar Fieber. In Extremfällen kann es zu einem Kreislaufkollaps, Atemnot oder gar zum Schock kommen …«

»Warum erzählst du mir das? Du hast wohl immer noch Rachegedanken! Aber Gretel kommt bis auf weiteres doch gar nicht mehr zu uns.«

In den folgenden Tagen wurde ich immer vergnügter, alles gelang mir gut, ich unterhielt meine Gäste sogar mit einem Essens-Quiz und animierte den Kapitän, mir und den Kindern Shantys beizubringen. Markus tauchte probeweise auch am Veggieday auf und lobte meine Zucchini-Kartoffel-Pfanne und die mit Gorgonzola gefüllten Riesenchampignons. Er habe nicht geahnt, wie lecker vegetarisches Essen sein könne. Am liebsten hätte ich ihn in den Arm genommen und geküsst.

5

Peanuts

Seit Markus fünfmal in der Woche zu uns kam und wir ein wenig miteinander flirteten, legte der Kapitän erste Ermüdungserscheinungen an den Tag. Vielleicht hatte Regine ja recht, und mein treuer Freund war eifersüchtig. Manchmal ging er jetzt gleich nach dem Essen nach Hause und überließ die Kinder ihrem Schicksal. Früher war es leichter für mich gewesen. Während ich aufräumte und putzte, waren sie unter seiner Aufsicht mit den Hausaufgaben schnell fertig, und ich konnte zum Beispiel Simon zum Turnverein fahren und mit Caro auf den Spielplatz gehen. Doch wenn der Kapitän meine Brut mal nicht kontrollierte, lümmelten sie mit schlechtem Gewissen vorm Fernseher und hatten ihre Hefte noch nicht einmal als Alibi vor sich liegen. Verständlicherweise hatten sie auch keine Lust, sich erst am späten Nachmittag mit ihren Pflichten zu beschäftigen. Es blieb mir dann nichts anderes übrig, als sie zu mir in die große Küche zu holen und meine Faulenzer zwischen Fegen und Wischen zum Rechnen und Schreiben anzuhalten. Auf diese Weise dauerte alles – sowohl bei mir als auch bei den Kindern – viel länger.

Regine merkte ebenfalls, dass etwas im Busch war. »Dein holder Knabe im lockigen Haar – ich meine nicht den kleinen Simon, sondern den Hänsel –, der scheint sich ja ohne die Gretel ganz behaglich hier eingerichtet zu haben. Man könnte dich direkt beneiden, weil gleich zwei Herren mit dir charmieren! Läuft da was, ohne dass man mich informiert hat?«

»Mein Gott, Regine!«, sagte ich. »Was du immer gleich denkst! Der eine ist besetzt, der andere zu alt. Übrigens, wie alt mag Markus wohl sein?«

»Vielleicht ein bisschen jünger als wir«, meinte sie. »Aber kein Grund, die Flinte ins Korn zu werfen! Die dreißig hat er bestimmt schon überschritten. Gegen seine Gretel sehen wir allerdings alt aus.«

Man weiß ja, wie die Kerle ticken: Auf die Gebärfähigkeit kommt es an. Die war bei mir zwar noch nicht erloschen, aber ich legte keinen Wert auf ein weiteres Kind.

Während der Kapitän nach dem Essen wieder mal das Weite suchte, blieb Markus als einziger Gast in der Küche und half beim Aufräumen. Die Kinder setzten sich murrend an den vollgekrümelten Tisch und packten ihre Ranzen aus.

»Wohin soll ich bloß mit den Resten!«, seufzte ich. »Bisher hat der Kapitän noch am gleichen Nachmittag alles verputzt, aber jetzt ist er auf und davon, und mir fällt es schwer, Lebensmittel in den Müll zu schmeißen.«

»Wenn es dich erleichtert, nehme ich ein Doggybag mit nach Hause«, schlug Markus vor. »Nach der täglichen Knochenarbeit schmeckt es mir am Feierabend wahrscheinlich noch besser als in der Mittagspause. Außerdem hat Gretel vielleicht Lust, ein bisschen zu probieren. Seit sie nicht mehr mitkommt, isst sie fast gar nichts mehr. Sie besteht nur noch aus Haut und Knochen und macht mir große Sorgen!«

Ich zog die Stirn in Kummerfalten und behauptete: »Das tut mir aber leid! Wenn du magst, könntest du dir fast täglich eine Tupperbox abfüllen. Der Kapitän wird deswegen nicht gleich verhungern, er hätte das Abnehmen sehr viel nötiger als die arme Gretel.«

»Schreibt man Kapitän mit zwei p?«, fragte Simon mitten in unser Gespräch hinein, und ich musste mich wieder meinen Kindern zuwenden. Markus verstaute eine gutgefüllte Plastikdose in der weiten Hosentasche seines Blaumanns und sagte artig: »Vielen Dank und tschüs bis morgen!«

Das große Elektrogeschäft lag am Ende unserer Straße, in zwei Minuten war man dort. Trotzdem stand der Firmenwagen mittags vor meiner Tür, weil Markus gleich nach dem Essen irgendwelche Kunden besuchen musste. Für mich war dieser Laden fast unentbehrlich, weil man dort nicht nur Wasch- und Spülmaschinen, Lampen, Fernsehapparate, Glühbirnen, Küchenmöbel und Kühlschränke, sondern auch Teller, Tassen und Besteck, Töpfe und Pfannen verkaufte. Gretel bekam ich nie zu Gesicht, sie saß irgendwo in einem Hinterzimmer und kümmerte sich um den Bürokram. Aber auch Markus hatte mit dem Verkauf nicht viel zu tun, sondern war meistens unterwegs und klapperte Baustellen und Kunden ab, lieferte, beriet, reparierte oder installierte. Oft klingelte sein Handy während des Essens, weil ihn die Zentrale für einen dringenden Auftrag brauchte. Zwar galten betriebsübliche Arbeitszeiten, aber gelegentlich musste er auch Überstunden machen, ebenso gehörte die Schulung neuer Mitarbeiter zu seinem Aufgabenbereich. Inzwischen wusste ich, dass er sich Elektroinstallateur nannte und den Meistertitel besaß.

An einem der folgenden Tage war mein Held offensichtlich besonders schlechter Laune. Als ich ihn unter vier Augen fragte, ob es schon wieder Probleme mit Gretel gebe, brach es aus ihm heraus.

»Sie macht mir täglich eine Szene, weil ich deinen wunderbaren Mittagstisch nicht aufgeben will. Trotzdem fällt sie fast jede Nacht über die Tupperdose her und isst alles auf, was ich übriggelassen habe. Nur schade, dass dein gutes Essen nach kurzer Zeit wieder zu Fischfutter wird.«

Das fand ich auch. »Lass dich nicht terrorisieren!«, empfahl ich. »Man hilft ihr nicht, wenn man immer nachgibt.«

»Sie will mich tatsächlich erpressen«, sagte er finster. »Gretel hat gedroht, dein privates Restaurant auffliegen zu lassen. Sie will dich allen Ernstes anzeigen, wenn ich weiterhin hier esse!«

Vor Schreck wurde ich ganz blass. Einer Frau, die nicht ganz richtig im Kopf war, konnte man eine derart gemeine Denunzierung durchaus zutrauen. Dieses Weib brauchte dringend einen Denkzettel.

Als die Kinder endlich eingeschlafen waren, saß ich noch lange vor meinem Laptop und suchte nach Rezepten für Gerichte mit Erdnüssen. Da gab es verschiedene Salate, in die Peanuts gut sichtbar eingestreut wurden und deswegen nicht in Frage kamen. Oder Saté-Spieße mit einer köstlichen Erdnuss-Sauce. Beliebt waren auch Dressings, bei denen man aber ebenfalls erkennen konnte, woraus sie hergestellt wurden. Fertige Erdnussbutter oder -pasten wollte ich ungern verwenden, sie waren entweder gesüßt oder gesalzen. Frittierte Speisen kamen genauso wenig in Frage, weil der penetrante Geruch trotz der nagelneuen Dunstabzugshaube den Gästen einer Wohnküche nicht zuzumuten war. Schließlich wurde ich fündig.

Die Bällchen wurden aus gehacktem Lammfleisch mit Zwiebeln, Knoblauch, Ei, Brot, Salz und Erdnüssen hergestellt und in der Pfanne gebraten. Die Nüsse sollte man vorher in der Küchenmaschine grob zerkleinern, aber man konnte sie schließlich auch so fein mahlen, dass sie in der Teigmasse überhaupt nicht auffielen. Dazu konnte ich Duftreis und zwei verschiedene Dips aus Crème fraîche mit Kräutern oder Curry anbieten, keine allzu schwere Übung für eine erfahrene Köchin wie mich. Außerdem – und das war der Sinn dieser Aktion – konnte ich eine kleine Anzahl Fleischklößchen mit der doppelten Menge an Erdnüssen zubereiten und Markus in der Plastikdose mitgeben.

Wie immer half mir der Kapitän am Samstag bei der Planung für die kommende Woche. Am Montag sollte es einen kräftigen Eintopf aus gekochtem Rindfleisch und Suppengemüse geben, zum Abschluss ein leichtes Dessert aus Himbeerjoghurt. Für Dienstag schlug ich die bewussten Fleischbällchen vor, und der Kapitän schüttelte den Kopf. »Schon wieder Frikadellen«, sagte er, »die hatten wir doch erst vor kurzem. Ich denke eher an Kartoffelgratin mit geriebenem Greyerzer und –«

»Ich meine doch gar keine normalen Buletten«, fiel ich ihm ins Wort. »Ich habe ein interessantes asiatisches Rezept ausgegraben. An der Tafel wird stehen: Pikante Lammfleischbällchen mit Reis.«

»Wie du meinst«, sagte der Kapitän. »Übrigens muss ich

dir mal etwas sagen …«, er stockte. Und mir wurde heiß, denn ich erwartete eine peinliche Liebeserklärung.

»Nelly, wir kennen uns jetzt schon über ein Jahr«, begann er auffallend bedächtig. »Und wir mögen uns, das steht fest. Deswegen darfst du es mir nicht verübeln, wenn ich dir einen väterlichen Rat gebe. Dieser Markus ist nichts für dich! Du gehörst zu den Frauen, die sich immer wieder an die falschen Männer hängen. Dein Amerikaner hat sich auf und davon gemacht, ein Skandal! Und dieser Elektriker hält eisern zu seiner Gretel, das wird doch eine riesige Enttäuschung, wenn du dir Hoffnungen machst. Sieh mal, ich wüsste da einen viel Besseren …«

»Hör bitte auf«, sagte ich mit knallrotem Kopf.

Aber er ließ sich nicht beirren »Dieser neue Lehrer, er heißt glaub' ich Jens, der hat dich offensichtlich gern. Er trägt keinen Ehering, du würdest mal Beamtenwitwe, er ist nett zu den Kindern und –«

»– und ist rotbraun gebrannt wie Terrakotta, unterrichtet Sport und Latein und langweilt mich zu Tode!«, keifte ich.

Jetzt schwieg der Kapitän und dachte wohl nach, dann murmelte er, ich solle nicht immer nur nach Äußerlichkeiten urteilen. Endlich fragte er doch noch, was es denn am Mittwoch zu essen geben sollte.

Wie gewohnt stand also der Plan für die kommenden Tage bereits am Sonnabend fest. Montags schleppte ich im Allgemeinen die Grundvorräte für die ganze Woche nach Hause, an den übrigen Tagen besorgte ich nur die frischen Zutaten, also Fleisch, Fisch, Obst und Gemüse. Lamm kaufte ich an jenem verhängnisvollen Dienstag im türkischen Supermarkt, wo es stets knackiges Gemüse, junge Kräuter, feinsten Joghurt und besonders aromatische Tomaten gab, natürlich auch Erdnüsse. Noch bevor der Kapitän eintraf, stellte ich die Küchenmaschine auf und hackte, zerkleinerte, mahlte und rührte, was das Zeug hielt. Als mein Helfer schließlich am Tisch saß und fragte, was es denn heute zu schnippeln gebe, reichte ich ihm bloß ein paar Bund glatte Petersilie mitsamt dem unverwüstlichen großmütterlichen Wiegemesser und anschließend ein Netz Zwiebeln zum Kleinschneiden.

»Du darfst jetzt mal probieren!«, sagte ich später. »Soviel ich weiß, macht es dir nichts aus, wenn der Teig noch roh ist.«

»Sind da etwa Nüsse drin?«, fragte er und leckte den Löffel ab. »Zum Glück kommt die Gretel ja nicht mehr zu uns; es schmeckt übrigens ausgezeichnet, kross angebraten bestimmt noch viel besser.«

Der Kapitän hatte nicht bemerkt, dass ich einen Teil des Teigs beiseite gestellt hatte, um ihn etwas später mit so viel Erdnussmehl zu vermengen, wie die Masse aufnahm. Ich kam mir vor wie eine mittelalterliche Hexe bei einem Liebeszauber. Unhörbar flüsterte ich vor mich hin: Markus wird mich lieben, Gretel wird der Appetit vergehen.

Meine Gäste, selbst die Kinder, waren begeistert. »Das Rezept musst du uns unbedingt mal geben«, sagten zwei Lehrer und die Frau des Mechatronikers. Ich versprach, beim nächsten Mal einen Ausdruck bereitzustellen. Genau wie ihr Vater wollte Tonja allerdings wissen: »Sind da Nüsse drin?« – Ich überhörte es, lief eilig zum Kindertisch und tat so, als müsse ich Caros umgestoßenes Glas wieder mit Leitungswasser füllen, der Kapitän hatte die Pfütze bereits mit Papierservietten aufgewischt. Dabei überlegte ich fieberhaft, ob ich bei einer Wiederholung ihrer Frage von Kokosraspeln, Grieß oder gerösteten Haferflocken sprechen sollte, noch besser von Sesamkörnern. Aber Tonja hatte sich inzwischen in ein Gespräch mit ihrem Kollegen vertieft, der ja laut Kapitän eine Schwäche für mich hatte. Ich hatte diesen Jens aber eher in Verdacht, genau wie Tonja zu einer anderen Fraktion zu gehören, war mir aber nicht sicher.

Inzwischen hatte ich beobachtet, dass das Verhältnis des Kapitäns zu seiner Tochter nicht gerade herzlich war. Beim Essen setzten sie sich nie nebeneinander. Zufällig hatte ich erfahren, dass Tonja mit ihrer Partnerin einmal im Monat den Vater besuchte, um bei ihm zu putzen. Sie schien sich zwar verantwortlich für das Wohlergehen ihres Papas zu fühlen, aber die emotionale Distanz zwischen ihnen war nicht zu übersehen. Da der Kapitän zwar gern abenteuerliche Geschichten zum Besten gab, aber im Grunde seines konservativen Herzens von einem trauten Heim träumte, konnte ich mir einiges zusammenreimen. Wahrscheinlich war er enttäuscht, dass seine Tochter keine Familie hatte, vielleicht hatte es bei ihrem Coming-out Auseinandersetzungen gegeben, die für Tonja kränkend waren. Sie begegneten sich offenbar auf einer höflichen und rationalen Ebene.

Die Fleischbällchen für Markus standen bereits verpackt im Kühlschrank. Als er sich verabschiedete, wollte ich ihm die Dose überreichen und bemühte mich, meine Aufregung zu verbergen. Er zögerte ein wenig, was mir seltsam vorkam.

»Hat's dir nicht geschmeckt?«, fragte ich, und meine Stimme hörte sich fremd und piepsig an.

»Doch, doch«, sagte er und steckte die Plastikbox endlich ein. Er sah mich nicht an, während er die Tür zumachte und ging.

In dieser Nacht tat ich kein Auge zu. Zuerst dachte ich nur über die Gestaltung der Sommerferien nach, die in vier Wochen begannen. Die Lehrer waren dann sowieso alle weg, aber auch einige meiner anderen Besucher hatten Reisepläne. Übrig blieb kaum ein Drittel meiner zahlenden Stammgäste, außerdem hatten meine Kinder schulfrei und wollten beschäftigt oder ins Schwimmbad gefahren werden, am liebsten natürlich ans Meer reisen. In den spannenden Erzählungen des Kapitäns drehte es sich oft um haushohe Wellen, untergehende Schiffe und abenteuerliche Rettungen. »Alle meine Freunde sind in den Ferien weg«, hatte Simon gejammert. Sollte ich meinen Laden vier Wochen lang schließen und mit den Kindern an die Ostsee fahren? Konnte ich mir das finanziell überhaupt leisten? Meine Mutter war keine arme Frau, aber ich war zu stolz, sie immer wieder anzubetteln. Wenn sie nicht von selbst auf die Idee kam, ihren Enkelkindern etwas Gutes zu tun, dann sollte sie es lassen. Notfalls konnte ich Simon manipulieren, einen traurigen Brief zu schreiben oder anzurufen, um das Herz seiner Oma zu erweichen. Doch auch nach dieser genialen Idee fand ich keine Ruhe. Würde heute Nacht etwas geschehen, was sich am Ende nicht wiedergutmachen ließ?

Markus hatte mehrfach einen feinen Geschmackssinn bewiesen. Heute hatte er zwar nicht nach den Zutaten gefragt, aber mit Sicherheit die Erdnüsse herausgeschmeckt. Nun musste ich geduldig abwarten, ob er wirklich nur wenige Fleischbällchen selbst vertilgte und den Rest gut sichtbar im Kühlschrank deponierte. Unter dieser Voraussetzung nahm er billigend oder sogar gern in Kauf, dass Gretel zur Geisterstunde darüber herfiel.

Etwa um drei Uhr in der Frühe verließ ich das Bett und knöpfte mir die Liste vor, auf der ich Vorlieben, Ekel und Unverträglichkeiten meiner Kunden gewissenhaft notiert hatte. Jeden neuen Gast hatte ich einzeln ins Wohnzimmer gebeten und unter vier Augen befragt. Keiner sollte sich schämen müssen, wenn er zum Beispiel wie ein Baby keinen Spinat mochte oder andere Marotten hatte. Eigentlich war ich todmüde, aber ich schrieb die gesamte Liste noch einmal ab und ließ dabei Gretels Allergie einfach weg. Im Ernstfall konnte mir niemand nachweisen, dass ich davon gewusst hatte. Das alte Blatt zerriss ich in winzige Fetzen und spülte sie ins Klo.

6

Gretels Absturz

Am nächsten Morgen schaute ich entsetzt in den Spiegel: Fieberbläschen an der Unterlippe hatte ich seit meinem Abitur nicht mehr gehabt, jetzt wurde ich als Vergeltung für meine niederträchtigen Pläne mit einem ekelhaften Herpesbefall bestraft, wohl ein Gegenzauber der anderen Hexe. Doch ich wollte mich nicht abergläubischen Spinnereien hingeben, eher war es der Stress, der mein Immunsystem beeinträchtigt hatte, und nicht eine böse Fee. Schon als Teenager konnte ich mich nicht damit abfinden, wenn ich einen kleinen Pickel auf der Nase hatte. Lieber Flöhe im Bett als Pusteln im Gesicht, weil eine Köchin, Kellnerin und Gastgeberin nicht unappetitlich auszusehen hat.

Aber es half ja nichts, die Kinder mussten geweckt, das Frühstück zubereitet, die Einkäufe erledigt werden. Aus der Apotheke holte ich eine antivirale Salbe. In Gedanken war ich jedoch nicht bei der Sache. Dauernd malte ich mir unterschiedliche Szenarien aus. Die wahrscheinlichste Variante war, dass Markus heute gar nicht auftauchte, weil es seiner Frau nicht gutging.

»Na, was ist?«, fragte der Kapitän, der gegen elf Uhr eintraf. »Welche Laus ist dir über die Leber oder Lippe gelaufen?«

»Ein bisschen zu wenig geschlafen«, sagte ich mürrisch.

»Aber jetzt müssen wir anfangen! Heute gibt es deinen geliebten Gratin, du kannst schon mal den Käse reiben und einen Berg Kartoffeln schälen.«

»Zu Befehl, *mon général*!«

»Was müssen wir sonst noch machen?«

»Mein liebes Kind, das hast du doch alles eigenhändig an die Tafel geschrieben! Tomatensalat lässt sich vorbereiten, nur die Lachsfilets kommen erst zum Schluss in die Pfanne. Aber bei den Kartoffeln müssen wir die doppelte Menge einplanen, weil ein Gratin so viel besser schmeckt als Salzkartoffeln.«

Nach und nach trudelten Gäste und Kinder ein, Markus war nicht dabei. Ungeduldig lauerte ich auf seinen Anruf. Immerhin konnte er selten mit dem Gongschlag die Kabelschere hinschmeißen – wenn er gerade bei einem Kunden war, brachte er seine Arbeit nach Möglichkeit erst noch zu Ende. Und so war es auch diesmal, er kam etwa zwanzig Minuten später als sonst und machte ein ernstes Gesicht. Unmöglich konnte ich vor allen gierigen Kostgängern nach der Ursache fragen. In meinem Job darf man sowieso niemals indiskret sein. Man hört bei Tischgesprächen so dies und das über das Privatleben seiner Gäste, was nicht für fremde Ohren bestimmt ist. Abgesehen davon hatte ich genug zu tun, um den Fisch in vier Pfannen weder zu lange noch zu kurz zu braten. Eins war mir allerdings klar: Gretel konnte nicht tot sein, sonst wäre Markus überhaupt nicht hier und würde sich anders verhalten.

Kaum hatten die Kinder aufgegessen, begannen sie mit dem Kapitän zu tuscheln, zogen ihn schließlich mit vereinten

Kräften hoch und lotsten ihn in die obere Etage. Sie kicherten dabei alle miteinander, denn Tassilo war dem theatralisch ächzenden Opa auf die Schulter geklettert und saß dort wie ein triumphierendes Äffchen.

Vor allem die Lehrer hatten es heute gar nicht eilig, es dauerte eine Ewigkeit, bis ich mit Markus allein war. Mit welchen Worten sollte ich ihn unauffällig ausquetschen? Ich konnte ja nicht gut fragen, ob Gretel die Fleischbällchen tatsächlich gegessen hatte.

»Du siehst so bedrückt aus«, fing ich an. »Hattest du Ärger mit der Kundschaft?«

»Gretel liegt im Krankenhaus«, sagte er.

Also hat sie nur einen kleinen Denkzettel erhalten, dachte ich enttäuscht, aber auch etwas erleichtert.

Markus sah mich mit traurigen Augen an. Wie gern hätte ich ihn geherzt und geküsst, aber ausgerechnet jetzt fühlte ich mich wie eine Aussätzige.

»Manchmal geht auch alles schief«, klagte er. »Als ich gestern Nachmittag zur Tür hereinkam, hörte ich sie bereits stöhnen. Gretel lag vor dem Fenster auf dem Boden, konnte nicht aufstehen und wimmerte vor sich hin. Sie war kurz zuvor beim Gardinenaufhängen von der Leiter gestürzt und hatte sich den Fußwurzelknochen gebrochen. Die Sanitäter gaben ihr eine schmerzstillende Spritze und brachten uns zum Röntgen in die Klinik. Mit einer Gipsschale sei es in ihrem Fall leider nicht getan, meinten die Ärzte. Wenn es sich um einen Trümmerbruch handele, sei eine Operation nicht zu umgehen.«

»Wer so dünn und zerbrechlich ist…«, begann ich, beendete meinen Satz aber nicht.

»Sie hat bereits mit vierzehn unter Essstörungen gelitten«, sagte er. »Vielleicht sind ihre Knochen deswegen nicht besonders stabil.«

»Wie lange muss sie liegen?«, fragte ich und hoffte, dass es teilnahmsvoll genug klang.

Man wusste es noch nicht, mit zehn Tagen sei aber bestimmt zu rechnen. Langsam dämmerte mir, dass meine aufwendig zubereiteten Köstlichkeiten überhaupt keine Rolle bei Gretels Unfall gespielt hatten. Markus hatte seine Freundin bereits lädiert vorgefunden und sie bestimmt nicht im Krankenwagen noch schnell mit Erdnussbällchen gefüttert. Meine Bemühungen waren zwar umsonst gewesen, aber ein Unfall ganz ohne mein Zutun war auch nicht von schlechten Eltern. Zum zweiten Mal hatte ich das überwältigende Bedürfnis, den gebeutelten Handwerker mitfühlend in die Arme zu schließen, diesmal vor Erleichterung.

Stattdessen fragte ich wie eine fürsorgliche Mutter: »Möchtest du einen Rest Kartoffelgratin mitnehmen?« Er verneinte, die Aufregung habe ihm den Appetit verdorben, und außerdem seien genug Vorräte im Haus. Dann ließ er mich allein, und ich machte mich ans Aufräumen.

Manchmal geht auch alles schief, hatte Markus gesagt. Wollte er damit andeuten, dass nichts nach *unserem* Plan verlaufen war? Markus war ein hochanständiger Mensch, der sich schon viel zu lange um die neurotische Gretel gekümmert hatte und jetzt ein Recht auf Entlastung hatte. Und zwar ein für alle Mal.

In jener Zeit erlebte ich erotische Begegnungen mit attraktiven Männern leider nur im Traum. Wenn ich aufwachte, wurde mir schmerzlich bewusst, dass ich nun schon einige Jahre als Single lebte, rational ganz gut ohne Partner auskam, aber auf der emotionalen Ebene langsam verkümmerte. Der Kapitän war kein Ersatz für meine Sehnsüchte. Mit ihm unterhielt ich mich zwar fast jeden Vormittag, wobei wir die Mittagsgäste wie zwei geschwätzige Küchenpsychologen analysierten, aber das war zu wenig. In meinem Alter war es frustrierend, wie eine Nonne zu leben. Es war auch traurig, abends immer nur vorm Fernseher zu sitzen, während Gleichaltrige gemeinsam etwas unternahmen. Sicher, einmal war ich mit Regine im Kino gewesen und hatte die Kinder zum ersten Mal allein gelassen. Schließlich konnten sie mich anrufen, wenn sie Angst hatten, krank wurden oder sonst etwas nicht stimmte. Doch nie im Leben hätte ich mich getraut, mit Regine noch einen Absacker zu trinken und über den Film zu diskutieren. Ich wollte nur so schnell wie möglich heim und dort nach dem Rechten sehen. Hätte ich einen Partner gehabt, der nicht bloß neben mir im Kino, sondern auch neben mir im Bett seinen Platz hatte, wäre alles viel einfacher gewesen.

Nachdem nun Gretel für eine Weile ausgeschaltet war, sah ich einen Silberstreifen am Horizont. Ich malte mir aus, dass Markus nach Beendigung seiner Arbeit noch mal hereinschauen und den Abend mit mir verbringen könnte. Derartige Hoffnungen musste ich allerdings schon bald begraben: Sobald er frei hatte, fuhr er ins Krankenhaus und besuchte seine kranke Freundin. Nach vier Tagen hatte ich genug. Ich konnte nicht mehr an mich halten und erzählte Markus, wie Gretel gegen den Kapitän gehetzt hatte.

Er reagierte anders, als ich erwartet hatte. »Das darfst du ihr nicht allzu übelnehmen«, sagte er. »Wenn du wüsstest, was Gretel Schlimmes durchgemacht hat…«

Natürlich wollte ich mehr darüber erfahren und erreichte es auch durch hartnäckiges Bohren. Gretels Vater, an dem sie überaus hing, verließ die Familie, weil er sich in einen Mann verliebt hatte. Die Mutter tat sich kurz darauf mit einem Frührentner zusammen, der seine kleine Stieftochter jahrelang missbrauchte.

»Daraus resultiert sowohl ihre Magersucht als auch ihre Macke, in jedem Opa einen Pädophilen zu wittern, ebenso ihr Hass auf Schwule. Ich weiß, es ist keine Entschuldigung, sondern nur eine Erklärung. Auch ich kann ihr Verhalten manchmal schwer ertragen. Du solltest ihr das nachsehen, sie hat es so schwer im Leben. Ohne mich würde sie völlig…«

Ich wollte nicht schon wieder hören, für wie unentbehrlich Markus sich hielt, und drückte ihm zum Abschied nur einen vollen Müllsack in die Hand. Konnte eine Beziehung, die nur auf Mitleid basierte, auf die Dauer gutgehen? War es für die verkorkste Gretel nicht ohnedies besser, wenn sie das irdische Jammertal verließ?

»Mama! Was ist ein Keks unter einem Tannenbaum?«, fragte Simon und schaute mich erwartungsvoll grinsend an. Das war bestimmt wieder ein Scherz vom Kapitän, doch mir war nicht zum Lachen und auch nicht nach Rätselraten zumute.

»Nix mit Weihnachten! Ein schattiges Plätzchen!«, sagte mein Sohn und strahlte, auch Caro kringelte sich vor Lachen.

Plötzlich fiel auch meiner Tochter etwas ein. »Ich hab' ganz vergessen, die Oma war gestern am Telefon!«, sagte sie. »Es gibt eine Überraschung für uns alle, hat sie gesagt. Mama, du sollst sie sofort anrufen!«

Mutter sprudelte gleich los. Mein Verhältnis zu ihr war nicht ganz unproblematisch, weil sie bestimmt enttäuscht von mir war. Das abgebrochene Studium, das Jobben im Bistro, die zwei Kinder von einem windigen Amerikaner und schließlich auch der Mittagstisch, mit dem ich bisher noch zu wenig verdiente – das alles passte ihr nicht. Die finanziellen Investitionen für meine Großküche hatten eine stattliche Höhe erreicht, zum Teil hatte mir Regine Geld geliehen, den größeren Brocken aber hatte meine Mutter übernommen. Bestimmt hatte sie davon geträumt, dass ich einmal eine Juristin, Ärztin oder Bankerin würde, einen grundsoliden Mann mit Vermögen heiratete und ihre Enkelkinder in einer behüteten, gut abgesicherten Familie aufwachsen könnten.

Sie selbst führte immer noch ein sehr aktives Leben. Mein Vater war früh gestorben, doch sie hatte schnell gelernt, ihre Angelegenheiten selbst in die Hand zu nehmen. Vor etwa zehn Jahren war sie wieder in ihre rheinische Heimat gezogen, sie reiste viel, eine Weile hatte sie Golf gespielt, jetzt begeisterte sie sich für ihren Bridge-Club, hatte eine Menge Freundinnen aus betuchten Kreisen und eine Zeitlang sogar einen Liebhaber. Bereits zweimal hatte sie in den letzten Jahren geerbt, es tat ihr bestimmt nicht weh, wenn sie mir dann und wann unter die Arme griff.

»Nelly«, begann sie, »du kennst doch noch die Chemie-Müllers? Sie wohnen inzwischen in Ligurien, wo sie ein prächtiges Haus gekauft haben. Anfang August wollen sie in die USA fliegen, ihre Villa steht dann einen Monat lang leer. Vorgestern haben sie mich gefragt, ob ich nicht dort ein bisschen nach dem Rechten sehen könnte, die Blumen gieße und dafür sorge, dass das Haus bewohnt wirkt. Es ist Platz genug für uns alle, die Müllers haben ja eine riesengroße Familie und dauernd Logierbesuch. Zeitlich passt es genau in eure Sommerferien!«

Pro forma zierte ich mich ein wenig und behauptete, ich könne auf die regelmäßigen Einnahmen aus meinem Restaurant nicht verzichten. Doch meine Kinder würden sich wahnsinnig freuen. Italien! Sonne! Das Meer!

»Wir fahren aber mit meinem Citroën«, befahl meine Mutter. »In deine Rostlaube bringen mich keine zehn Pferde.«

Meine Kinder jubelten über die gute Nachricht und erzählten es beim nächsten Essen sofort ihrem Opa.

»Ich gönne es dir von Herzen«, sagte der Kapitän. »Vielleicht findest du ja einen charmanten Romeo oder Anschluss an andere Urlauber. Macht euch um mich keine Sorgen. Im August ist Tonja zwar auch verreist, doch ich werde schon irgendwie zurechtkommen.«

Bis jetzt war ich noch gar nicht auf die Idee gekommen, mir Sorgen um den Kapitän zu machen. Aber wenn ich es recht bedachte, war er ohne uns ein einsamer alter Mann, der mir ein klein wenig leid tat. Meine Gedanken kreisten jedoch vor allem um Markus. Gretel war inzwischen wieder zu Hause, aber noch für eine Weile krankgeschrieben. Sie musste Krücken benutzen und war anscheinend noch längst nicht über den Berg. Markus aß zwar wie gehabt in seiner Mittagspause bei mir, aber er schlang sein Essen kommentarlos herunter und verließ mich so schnell, wie der Anstand es eben zuließ. Er guckte auch nur teilnahmslos ins Leere, als ich ihm mitteilte, unsere Tafel sei im August geschlossen.

7

Sommerferien

Meine Mutter traf einen Tag vor der Abfahrt schon am frühen Nachmittag bei uns ein. Ich war in großer Eile, hatte vor unserem Urlaub noch viel zu erledigen, musste packen, Mutters Bett beziehen, die Wäsche war noch nicht trocken, die Kinder sollten ihr Zimmer aufräumen und maulten herum.

»Morgen müssen wir zeitig aufbrechen, am besten gleich um sieben«, sagte meine Mama. »Wir brauchen nicht viel mitzunehmen. Das Haus ist mit allem ausgestattet, sogar mit Spielsachen und einer Bibliothek. Regenschirme, Bademäntel und so weiter dürfen wir natürlich auch benützen. Außerdem ist es in Ligurien sonnig und warm, deswegen genügt eine Strickjacke oder ein Pullover und für die Kinder natürlich ein ganzer Stapel Badehosen … Lieber nutzen wir den Platz auf der Heimreise für Olivenöl, das soll dort besonders gut sein«, klärte sie mich noch auf.

Mitten hinein in mein hektisches Treiben platzte der Kapitän mit einer Plastiktüte voller Süßigkeiten, damit die Kinder unterwegs nicht verhungerten. Es war sicherlich nett gemeint, aber ich hielt es für keine gute Idee, wenn auf den Rücksitzen ständig genascht, gelutscht und gekrümelt wurde, wenn klebrige Schokoladenhände an den weißen Ledersitzen abgeschmiert wurden und es am Ende zu Übelkeit oder gar Erbrechen kam.

Aus Höflichkeit machte ich erst einmal einen starken Kaffee, und wir setzten uns zu dritt an den Tisch. Meine Mutter war neugierig, sie begann sofort, den weitgereisten Kapitän auszufragen. Chefkellner auf einem Luxusliner, das interessierte sie sehr, denn eines musste man ihr lassen: Trotz ihrer Freundschaft mit stinkreichen Snobs hatte sie sich nie von deren Dünkel anstecken lassen. Die beiden vertieften sich schnell in ein Gespräch, so dass ich endlich Zeit fürs Packen fand.

Als ich nach einer guten Stunde verwundert feststellte, dass sich die Gäste immer noch angeregt unterhielten, ging ich nachsehen. Die beiden hatten sich inzwischen mehr als einen Kognak genehmigt, den der Kapitän wohl auch noch eingeschleppt hatte.

»Wir nehmen ihn einfach mit«, sagte meine Mutter und kicherte wie ein Backfisch. »Auf so einen netten Opa können meine Enkel doch nicht vier Wochen lang verzichten!«

Hatte ich mich verhört? Mutter war zwar leicht angeschickert, es klang aber nicht wie ein Scherz. Waren zwei Erwachsene und zwei Kinder nicht schon genug für eine lange Autofahrt? Außerdem brauchte der Kapitän Platz für zwei, wohin dann mit literweise *Olio extra vergine di oliva*?

In diesem Moment stürmten meine Kinder herein und trompeteten: »Fertig aufgeräumt!« Als sie von ihrer Oma erfuhren, dass der gute Opa mit von der Partie sei, führten sie einen Freudentanz auf. Ich wurde nicht nach meiner Meinung gefragt.

Tausend Gedanken schossen mir durch den Kopf. Regine würde sich ins Fäustchen lachen, sie glaubte bestimmt, ich würde den verliebten Kapitän nun endlich erhören. Viel wichtiger war allerdings die Frage, ob ich Markus noch einmal anrufen und mich verabschieden sollte? Eigentlich war das seine Sache, fand ich. Dann begann ich seufzend, den Kühlschrank auszuräumen.

Am nächsten Tag wurde es schließlich neun, bis wir alles eingeladen hatten und den Kapitän abholen konnten. Wegen seiner Leibesfülle musste er natürlich vorn neben meiner Mutter sitzen, während ich mich hinten zwischen die Kinder quetschte. Alle Eltern kennen es: Der Nachwuchs quengelt schon nach einer halben Stunde und fragt, wann man endlich da sei. In zehn Stunden etwa, sagte meine Mutter fröhlich. Sie wollte die erste Etappe übernehmen, wenn sie schließlich müde würde (und ich bestimmt auch), sollte ich übernehmen. Der Kapitän besaß keinen Führerschein, aber er vermied es, uns die Gründe darzulegen. Immerhin beharrte er auf seinem Vorschlag, irgendwo in der Schweiz zu übernachten, was meine Mutter zum Glück auch bezahlte.

Die nächsten Wochen waren wunderbar. Die Villa hatte fünf Schlafzimmer und drei grüngekachelte Bäder, wir hatten viel mehr Platz als zu Hause. Einmal in der Woche sorgte eine Putzfrau für Sauberkeit und Ordnung. Jeden zweiten Tag gingen wir abends essen, und auch sonst war meine Mutter großzügig und zückte unentwegt ihr Portemonnaie, so dass ich eigentlich nur das tägliche Eis der Kinder bezahlen musste.

Jeden Morgen frühstückten wir ausgiebig auf der Terrasse, umgeben von blühendem Oleander und knorrigen alten Olivenbäumen. Anschließend fuhr meine Mutter mich und die Kinder ans Meer und besuchte dann mit dem Kapitän den pittoresken Bauernmarkt. Anhand einer CD lernten sie während unserer Abwesenheit Italienisch, wobei der Kapitän sowieso fast alle europäischen Speisekarten übersetzen konnte. Stolz versuchte das ungleiche Paar, mit seinen neuerworbenen Sprachkenntnissen einzukaufen, oft kochten sie auch gemeinsam.

Anscheinend verstanden sich die beiden von Tag zu Tag besser, sie kauften sich gleiche Sonnenbrillen im schrägen Achtzigerjahre-Look und nannten sich zu meinem Befremden *Gudrun* und *Jochen*. Mutter schien es richtig zu genießen, einen Mann an ihrer Seite zu haben. Ich wiederum war glücklich, mit den Kindern schwimmen zu gehen, Eis zu essen, mich faul im gemieteten Liegestuhl zu aalen, ein spannendes Buch zu lesen und zuzuschauen, wie Caro und Simon unter dem großen Sonnenschirm spielten, Meerwasser in ihren Förmchen herbeischafften, im Sand buddelten und aus Muscheln und Kieselsteinen Muster legten. Sie hatten bereits ein ganzes Eimerchen voll *wertvoller* Dinge gesammelt, die sie mit heimnehmen wollten, unter anderem eine amerikanische Münze und einen *echten* Edelstein – eine glattgeschliffene rote Glasscherbe.

Zum Glück fanden sie bereits nach wenigen Tagen Anschluss an die Zwillinge einer deutschen Familie. Manchmal kamen auch Oma und Opa für zwei Stunden an den Strand, wobei sich der Kapitän offenbar nicht allzu gern in der Badehose zeigte, meine drahtige Mutter dagegen umso ungenierter. So harmonisch, unbeschwert, zart gebräunt und ohne Herpes hätte ich es noch jahrelang ausgehalten, aber es gibt wohl kein Paradies auf Erden.

Einmal war ich offenbar im Liegestuhl eingedöst, öffnete schläfrig die Augen und schloss sie gleich wieder. Meine Kinder unterhielten sich im Flüsterton, ich lauschte angestrengt.

»Im Urlaub haben alle ihren Papa mitgenommen, nur wir haben keinen«, sagte Caro.

»Doch, wir haben einen in Amerika«, sagte Simon. »Aber ich weiß gar nicht mehr richtig, wie er aussieht. Mama hat die Fotos irgendwo versteckt. Manchmal sehe ich einen fremden Mann auf der Straße und denke, der könnte es vielleicht sein. Aber Mama spricht nicht gern über Daddy, sie ist sicher traurig. Zum Glück haben wir den Opa.«

»Ich glaube, unser Papa ist tot«, sagte Caro. »Sonst hätte er uns bestimmt mal geschrieben und Geschenke geschickt. Mama will es uns bloß nicht sagen.«

Dann schwiegen beide, und ich hörte nur noch ihre Schaufeln im Sand kratzen.

Es gab mir einen Stich ins Herz. Wie gern hätte ich einen Vater für meine Kinder gehabt! Ich wusste noch genau, wie verloren ich mich fühlte, als mein eigener Papa starb. Erst nach einer Weile dehnte und streckte ich mich, gähnte hörbar und tat so, als würde ich langsam erwachen.

Da klingelte mein Handy. Hektisch suchte ich in den Taschen des Bademantels, bis ich fündig wurde. Es war Regine.

Sie fiel gleich mit der Tür ins Haus. »Grüß dich, Nelly! Denk dir bloß, die Gretel hat das Zeitliche gesegnet!«

Mir verschlug es die Sprache.

»Ich war doch zehn Tage in Hongkong«, erklärte sie. »Als

ich bei meiner Rückkehr die Waschmaschine starten wollte, nahm das Unglück seinen Lauf. Meine beste Freundin Roswitha – so nenne ich die Maschine – hat ihren Geist aufgegeben. Wozu hat man Beziehungen, dachte ich und rief am Abend bei Hänsel an. Entweder konnte er Roswitha wieder flottmachen oder mir vielleicht eine neue Waschfrau zu günstigen Konditionen beschaffen.«

»Mach's kurz«, sagte ich atemlos. »Was ist passiert?«

»Gemach, gemach! Meine arme Roswitha ist immer noch nicht genesen, ich habe jetzt den Kundendienst der Herstellerfirma bestellt. Also, unser Kavalier wollte überhaupt nichts von Waschmaschinen hören, er wirkte völlig verstört und fast so, als hätte er ein außerordentlich schlechtes Gewissen. Die Gretel war doch wochenlang krankgeschrieben, musste aber täglich zur Physiotherapie. Als er vor zwei Tagen von der Arbeit kam, fand er sie auf dem Küchenboden und vermochte sie nicht wiederzubeleben, selbst der Notarzt konnte nichts mehr ausrichten. Man vermutet einen allergischen Schock, aber sie muss wohl obduziert werden. – Hallo, bist du noch dran?«

»Ich wusste nicht, dass sie gegen irgendetwas allergisch war. Bienen, Wespen?«, fragte ich mit zittriger Stimme.

»Keine Ahnung«, sagte Regine. »Es gibt tausend Möglichkeiten – Insektenstiche, Medikamente, Nahrungsmittel wie Sellerie, Nüsse, Schalentiere oder Hühnereiweiß. – Aber wie geht's dir denn so, wo du deine Mutter nun ständig auf der Pelle hast?«

Um das Thema Allergie zu beenden, sagte ich rasch: »Ausgezeichnet, meine Mutter ist durch die Anwesenheit des Kapitäns so absorbiert, dass sie mich in Ruhe lässt.«

»Na so was, ist Käpt'n Blaubart etwa mitgekommen? Als euer *Gentleman Host*? Geht ihr tanzen mit ihm?«

»Klar doch. Aber ich muss jetzt leider aufhören und die Kinder wieder eincremen.«

War es wirklich ein Glücksgefühl, das mich so warm durchströmte, als Regine endlich aufgelegt hatte? Den ganzen Nachmittag drehte sich ein Karussell in meinem Kopf.

Am Abend las meine Mutter ihren Enkelkindern eine Gutenachtgeschichte vor. Ich wollte nur schnell den Kopf ins Kinderzimmer stecken und »Schlaft gut« wünschen, als meine Mutter in ein *Asterix*-Heft deutete und erklärte: »Diese seltsamen Zeichen und Bilder, die ihr hier seht, das war die Schrift der alten Ägypter.«

Caro belehrte ihre Großmutter mit herablassender Freundlichkeit: »Oma, so was nennt man Hieroglyphen. Aber der Opa erzählt uns echte Geschichten, wie er den Menschenfressern aus dem Kochtopf gesprungen ist und die bösen Ureinwohner mit Messer und Gabel besiegt hat!«

Ich musste grinsen, weil meine Mutter gerade erlebte, wie gebildet meine Kinder waren. Ja, wenn man jeden Tag mit einer Deutschlehrerin und einem weitgereisten Seemann am Tisch sitzt!

Leise zog ich die Tür zu und ging die Küche aufräumen. Das Gedankenkarussell begann sich wieder zu drehen. Glücklicherweise kam der Kapitän herein, und ich konnte mit ihm reden.

»Wieso ist sie tot? Zum Glück bist du ja aus dem Schneider«, sagte er. »An deinen Lammfleischbällchen kann es schließlich nicht gelegen haben – an diesem Tag war sie gar nicht bei uns. Zufällig habe ich allerdings mitgekriegt, dass du Markus immer wieder mal eine Tupperdose mitgegeben hast. Doch der musste ja wissen, dass Gretel keine Erdnussprodukte anrühren darf. Außerdem standen die Bällchen bereits vor Wochen auf dem Menüplan, sie muss durch etwas anderes zu Tode gekommen sein. Na ja, so richtig leid tut sie mir eigentlich nicht. – Aber bilde dir bloß nicht ein, dieser Markus würde jetzt nahtlos zu dir überlaufen.«

Ich wurde puterrot, denn der Kapitän hatte offensichtlich zwei und zwei zusammengezählt und mich durchschaut. Musste ich mich jetzt in Acht vor ihm nehmen?

Bald darauf ging er hinaus. Kurz danach hörte ich ihn mit seiner Tochter telefonieren. Er war offenbar froh, Tonja mit einem guten Grund anrufen zu können.

Im Urlaub hatte ich bisher besonders gut geschlafen, müde vom Schwimmen, der Sonne und dem guten Essen; in jener Nacht war es damit vorbei. An Markus hatte ich das letzte Mal gedacht, als wir in einer kleinen Trattoria *Vitello tonnato* bestellt hatten. Die dünnen Kalbfleischschnitten schmeckten köstlich, aber ohne die graugrünen glänzenden Kapern in der pürierten Thunfischsauce wäre es fade. Leider mochte der Mann meiner Träume keine Kapern, sollte ich dieses pikante Gericht trotzdem einmal anbieten? Seltsamerweise war das Thema Markus in den letzten Wochen ein wenig in den Hintergrund geraten, nun wurde es wieder hochaktuell. Musste ich ihn aus Höflichkeit nicht anrufen und mein Beileid heucheln? Warum meldete er sich nicht selbst? Meine mobile Nummer war schließlich allen meinen Mittagsgästen bekannt. Oder hatte der Kapitän recht, dass Markus jetzt erst einmal Zeit brauchte, um mit dem Tod seiner Freundin fertig zu werden?

Erst gegen Morgen schlief ich ein und hatte einen Alptraum, wie er im Buche steht: Mit einem eleganten Schwung servierte ich eine ovale Silberplatte mit *Vitello tonnato*, doch dabei hatte ich außer einer winzigen Zierschürze und Topfhandschuhen nichts an. Um mich herum saßen meine hungrigen Mittagsgäste und pfiffen mich aus. Das Peinliche war nicht eigentlich meine Blöße, sondern mein völlig aus dem Leim gegangener Körper. Markus nahm mich als Einziger gar nicht wahr, klaubte seelenruhig die Kapern aus der Sauce und steckte eine nach der anderen seiner Gretel in den Mund. Das tückische Biest spuckte sie wie Kirschkerne in meine Richtung und bog sich dabei vor Lachen. Sie trug ein Etuikleid mit einem Pythonmuster.

»Das soll dir eine Lehre sein«, giftete sie. »Falls du mir meinen Mann wegnimmst, wirst du deinen Speck nie wieder los, und es geht dir schließlich so wie dieser Mieze!« Mit diesen Worten schleuderte sie unserer Mittagskatze einen bösen Blick zu, die sofort Feuer fing und lichterloh brannte.

Ziemlich konfus kroch ich aus dem Bett, es war bereits neun. Ich hatte das Gefühl, über Nacht um zehn Kilo schwerer geworden zu sein, obwohl mir doch neulich ein charmanter Italiener *bella figura* zugeraunt hatte.

Als ich das Kinderzimmer betrat, hörte ich, wie meine Mutter aus dem *Struwwelpeter* vorlas. »Miau! Mio! Miau! Mio! Lass stehn, sonst brennst du lichterloh!«

8

Das Mühlrad

Nachdem ich von Gretels Tod erfahren hatte, wäre ich am liebsten auf der Stelle nach Hause gefahren. Leider musste meine Mama die Villa ihrer Freunde noch ein paar Tage lang hüten. Sollte ich mit den Kindern in die Bahn steigen und den Kapitän meiner Mutter überlassen? Wer weiß, wie nahe sie sich dann kommen würden.

»Kind, was ist mir dir?«, fragte meine Mutter. »Du bist so nervös, dabei habe ich geglaubt, die Ferien hätten dir gutgetan. Du kannst ruhig abends mal ausgehen. Es gibt doch jede Menge hübscher junger Männer am Strand, lass dich doch mal ansprechen, und geh mit deinem Gigolo schick essen.«

»Ich will nicht schick essen gehen, ich werde sowieso von Tag zu Tag fetter!«

»So ein Quatsch!«, rief sie. »Was ist nur auf einmal in dich gefahren? Ich glaube, ich weiß genau, was dir fehlt.«

Und sie sang einen Schlager aus ihrer Jugend, den ich auf den Tod nicht ausstehen konnte: *Ich will keine Schokolade, ich will lieber einen Mann!*

Auf taktlose Weise hatte sie den Nagel auf den Kopf getroffen.

Als wir endlich nach Hause fuhren, regnete es Bindfäden, so dass den Kindern der Abschied vom italienischen Urlaubsparadies nicht allzu schwerfiel. Meine Mutter und der Kapitän wirkten dagegen traurig, während ich schon an den Speiseplan für die nächste Woche und an das Wiedersehen mit Markus dachte. Anfang September sollte der Mittagstisch wieder starten, ich war gespannt, ob mir alle meine bisherigen Gäste treu bleiben würden.

Nach einer Zwischenstation in der Schweiz kamen wir am frühen Nachmittag in Deutschland an. Meine Mutter benutzte zwar noch kurz unsere Toilette, wollte aber nicht mehr bei mir übernachten. Sie verließ uns schon nach zehn Minuten, um den müden Kapitän samt Gepäck nach Hause zu bringen und anschließend weiter nach Bonn zu fahren. Allerdings hatte ich den Verdacht, dass sie neugierig auf seine Wohnung war und bestimmt ein gutes Stündchen bei ihrem neuen Verehrer hocken blieb, hoffentlich ohne dort noch ein paar Gläser Calvados zu trinken.

Auch daheim war das Wetter umgeschlagen, eine Regenperiode hatte eingesetzt, die zwar den Bauern willkommen war, den Kindern aber an ihren letzten Ferientagen gar nicht passte. Sie hatten ihre Schwimmkünste in Italien verbessert und wollten eigentlich vor ihren Freunden im Freibad damit angeben. Nun hockten sie vorm Fernseher oder mir auf der Pelle, während ich die Waschmaschine füllte und den Sand aus Taschen, Koffern und Schuhen schüttelte.

Da sich viele Gäste noch nicht wieder bei mir angemeldet hatten, rief ich einen nach dem anderen an, um planen zu können. Als Letzter kam Markus an die Reihe. Ich fieberte zwar einem Treffen entgegen, hatte aber gleichzeitig auch Angst.

»Du weißt es sicher schon«, sagte er. »Gretel wird nächste Woche beerdigt, die Obduktion hat länger gedauert als gedacht. Wahrscheinlich nehmen auch die Pathologen ihren Urlaub im August.«

»Es tut mir unendlich leid für dich«, sagte ich.

»Ist es dir recht, wenn ich heute Abend mal kurz vorbeischaue?«, fragte er. Meine Stimme versagte fast, ich brachte nur ein gehauchtes »Ja« heraus.

Kaum hatte er aufgelegt, wusch ich mir die Haare und wühlte im Kleiderschrank herum. Ich war sogar unter dem Sonnenschirm appetitlich braun geworden, daher standen mir eigentlich alle Farben, ich musste mich nur entscheiden, ob ihm ein T-Shirt in unschuldigem Weiß oder hoffnungsvollem Grün besser gefallen würde.

Leider kam Markus bereits um sieben. Meine Kinder waren es inzwischen gewöhnt, nach italienischer Sitte lang aufzubleiben, was allmählich wieder korrigiert werden musste. Ich hätte es lieber gesehen, wenn sie bereits fest geschlafen hätten.

Immerhin waren sie erst noch damit beschäftigt, Tassilo ihre Schätze zu zeigen und ihm die eine oder andere Muschel zu verehren. Später hockten sie zu dritt vor meinem Rechner, und Tassilo zeigte ihnen ein schwachsinniges Spiel und ein witziges Fußballfilmchen. Ich konnte mich mit Markus ungestört in der Küche unterhalten.

»Kennst du das Lied vom kühlen Grunde?«, begann er, und ich starrte ihn etwas ratlos an.

Markus lächelte matt. »Gretel kam nicht davon los. Ich habe erst später begriffen, dass es sich um einen Ausdruck ihrer Depression handelte.«

»Irgendwoher kenne ich das Lied«, sagte ich. »Ist es wirklich so traurig?«

Markus begann vorsichtig und leise zu singen. Er sang zwar absolut falsch, aber weich und zärtlich:

Hör' ich ein Mühlrad gehen, ich weiß nicht, was ich will –
ich möcht' am liebsten sterben. Da wär's auf einmal still.

»Seit Gretel tot ist, dreht sich dieses Mühlrad in meinem Kopf«, sagte er. »Es dreht und dreht sich und macht mich fast wahnsinnig.«

Ich griff nach seiner Hand. »Sie hat jetzt wenigstens ihre Ruhe«, sagte ich tröstend. »Du hast mir doch erzählt, wie schwer sie es in ihrer Kindheit hatte und wie sehr sie an den Folgen immer noch litt. – Aber was hat denn die Obduktion ergeben?«

Er schneuzte sich und brauchte eine Weile, bis er wieder ansetzte: »Das ist ja das Furchtbare! Ich mache mir die größten Vorwürfe! Wie die Ärzte feststellten, starb sie an einem allergischen Schock, die Schuld daran trage ich ganz allein.«

Fragend sah ich ihn an, der Zusammenhang war mir absolut nicht klar.

»Du hattest es ja nur gut gemeint, als du mir vor einigen Wochen die Lammfleischbällchen mitgegeben hast. Sie hatten köstlich geschmeckt, ich wollte am Abend den Rest verspeisen. Aber als ich damals nach Hause kam, war Gretel von der Leiter gestürzt und musste ins Krankenhaus. Das hat mir natürlich den Appetit verdorben, also habe ich die Tupperdose ins Gefrierfach geschoben und dummerweise völlig vergessen.

An jenem unseligen Tag hat Gretel offenbar in einem Anfall von Heißhunger die Fleischklößchen in der Mikrowelle aufgetaut und in sich hineingestopft. Meistens erbricht sie kurz darauf, aber in diesem Fall hat ihr Immunsystem sofort reagiert. Dir kann niemand eine Schuld geben. Du konntest ja nicht ahnen, dass sie eine Erdnussallergie hat.« Er machte eine kleine Pause, grübelte und hakte dann ganz leise nach: »Oder doch?«

Ich schüttelte den Kopf, stand auf, holte die neue Liste mit den Unverträglichkeiten, Vorlieben und Abneigungen meiner Gäste und legte sie vor Markus auf den Küchentisch: »Hier kannst du selbst lesen, was Gretel mir mitgeteilt hat. Du magst keine Kapern, sie mochte keine Nieren. Das war's schon, was ich von ihren speziellen Wünschen wusste, von einer Allergie war nie die Rede.«

Markus las die wenigen Worte mindestens dreimal hintereinander und blickte dann kopfschüttelnd hoch. »Es ist schon seltsam, dass sie die Erdnüsse gar nicht erwähnt hat«, meinte er. »Sie muss es verschwitzt oder verdrängt haben. Seit Jahren hatte sie ihre Notfallmedikamente im Badezimmerschränkchen, doch bis dorthin hat sie es offenbar nicht mehr geschafft.«

Ich wusste keine rechte Antwort und sah nur möglichst mitfühlend drein. Plötzlich schoss mir ein Gedanke durch den Kopf: »Markus«, sagte ich, »manchmal lässt uns das Unterbewusstsein Dinge tun, die wir uns heimlich wünschen. Du wusstest von ihrer Allergie und hast die Erdnussbällchen trotzdem im Kühlschrank stehen lassen ...«

Markus starrte mich mit weit aufgerissenen Augen an.

»Nelly, es ist furchtbar, aber du hast mich irgendwie durchschaut! Ja, ich habe mir ihren Tod mehr als einmal gewünscht, in letzter Zeit war ich oft völlig überfordert. Und jetzt bin ich zwar einerseits erleichtert, dass dieses ewige Kotzen und Fressen ein Ende hat, andererseits halte ich mich für einen Mörder.«

»Von mir wird keiner etwas erfahren«, fügte ich schnell hinzu. »Du kannst dich hundertprozentig auf mich verlassen.«

Wir blieben mindestens zehn Minuten lang beide stumm und hingen unseren Gedanken nach.

Dann hatte sich Markus wieder etwas gefangen und meinte: »Ich werde demnächst wieder gern zum Essen kommen. Während eurer Urlaubszeit habe ich mir meistens an der Metzgertheke etwas warm machen lassen, doch das war kein Ersatz. Bestimmt wird es mir guttun, wenn ich wieder regelmäßig in netter Gesellschaft esse und das Mühlrad in meinem Kopf für eine Weile zum Stillstand kommt.«

Diesmal legte ich meine Hand auf seinen muskulösen Oberarm. »Du kannst dir das nächste Mal ein Lieblingsgericht wünschen«, sagte ich. »Wenn meine Kinder Geburtstag haben, dürfen sie das auch.«

»Danke, Nelly. Vielleicht mal Kalbshaxe? Aber ich wollte dir eigentlich noch etwas anderes beichten: Gretel konnte noch Wochen nach dem Sturz nur an Krücken gehen, deswegen hatte ich das Einkaufen übernommen. Am Unglückstag war tatsächlich fast nichts mehr im Kühlschrank. Ich musste in der Mittagspause ausnahmsweise einen neuen Mitarbeiter einweisen und schaffte es nicht mehr zum Supermarkt. Als ich am späten Nachmittag nach Hause kam, hatte ich zwar einen Korb voller Lebensmittel mitgebracht, aber da war sie schon tot. Zu spät!« Er griff sich an den Kopf, und ich sah das knirschende Mühlrad ganz deutlich vor mir.

Plötzlich hörten wir ein Kreischen, das sehr viel lauter war als alle Mühlräder der Welt. Ich kannte meine Kinder gut genug, um ihre durchdringende hohe Sirene richtig einschätzen zu können. Es war kein verzweifelter Hilfeschrei, sondern purer Übermut. Im Gegensatz zu Markus nahm ich den markerschütternden Ton nicht besonders ernst.

Er sah mich fassungslos an. »Ist was passiert? Müssen wir nicht helfen?«

Es war bereits wieder still, der schrille Laut verstummte ziemlich rasch, weil es sehr anstrengend war, den Kehlkopf länger als ein paar Sekunden derartig zu strapazieren. Dann hörte man es herzlich lachen.

Markus war tief beeindruckt. »Ich bin als Kind auch ziemlich wild gewesen«, meinte er. Und dann setzte er noch hinzu: »Wie gern hätte ich eigene Kinder gehabt. Vielleicht hätte ich mich nie auf eine Beziehung mit Gretel einlassen sollen. Schade, jetzt ist es wohl zu spät.«

Von zu alt konnte bei einem Mann in den Dreißigern ja nun wirklich nicht die Rede sein, mit einer neuen Partnerin war das doch kein Problem. Selbst ich könnte noch weitere Kinder bekommen. Ungern stellte ich mir vor, dass Markus gezielt nach einer jungen Frau mit Kinderwunsch Ausschau hielt. Zu meiner Strategie musste es von nun an gehören, ihn an mich und meine Kinder so stark zu binden, dass er sie nach und nach wie eigene lieben würde.

Markus stand auf und wollte gehen. »Kommst du am Dienstag zur Beerdigung? Aber nein, um 14 Uhr kannst du ja gar nicht, da sitzen sie noch alle an deinem Küchentisch. Ich werde ab Mittwoch wieder regelmäßig bei euch essen. Die Urnenbestattung wird im kleinen Rahmen stattfinden, es soll nur ein stilles Gedenken und eine Fuge auf der Orgel geben, keine frommen Reden. Gretels Horrorfamilie darf sich auf keinen Fall hier blicken lassen, ich werde sie erst hinterher benachrichtigen. Es haben sich nur ein paar ihrer Kolleginnen sowie unser Chef angesagt.«

»Vielleicht kann ich trotzdem kommen«, sagte ich. »Der Kapitän könnte mich ja für eine Stunde vertreten …«

»Ich nehme es nicht persönlich, wenn sich nur wenige Trauergäste blicken lassen«, sagte Markus. »Wer am Dienstag erscheinen wird, tut es eher mir zuliebe. Gretel war ein schwieriger Mensch, sie hatte leider keine Freundinnen wie du. – Du wirst doch auch Regine gegenüber den Mund halten?«

Ich versicherte es ihm.

Fast war ich ein wenig aufgeregt, als am Montag der Alltag wieder begann. Die Kinder waren in der Schule, der Kapitän schälte Kartöffelchen, ich las das Rezept für die bretonische Schweinelende noch einmal durch und berechnete die Menge der Äpfel.

»Ein paar Spritzer Calvados an der Soße werden den Kindern wohl nicht schaden«, bemerkte der Kapitän. »Der Alkohol verfliegt beim Erhitzen. Oder haben wir einen Kandidaten, der keinen Tropfen Schnaps verträgt?«

Schwerfällig erhob er sich, ging an die Schublade mit meinem Papierkram und suchte die Liste mit den Gästewünschen heraus. Aufmerksam las er meine Notizen durch, schüttelte mehrmals den Kopf und sah schließlich missbilligend zu mir hoch: »Anscheinend hast du ein ziemlich schlechtes Gewissen, Nelly! Das hier ist hundertprozentig eine ganz neue

Liste, auf der alten stand klar und deutlich, dass Gretel keine Erdnüsse vertrug. Oder bin ich nicht mehr ganz richtig im Kopf?«

»Die ist bloß für den Fall der Fälle«, stotterte ich und wurde rot. »Markus war neulich hier, um sich wieder anzumelden. Dabei habe ich erfahren, dass Gretel tatsächlich an unseren Erdnussbällchen gestorben ist! Er hatte ein paar Reste mitgenommen und zu Hause ins Gefrierfach gestellt. Einige Wochen später hat Gretel die Tupperdose entdeckt und den Inhalt hinuntergeschlungen. – Du wirst doch hoffentlich den Mund halten und im Notfall behaupten, dass wir von ihrer Allergie absolut nichts gewusst haben!«

»Zu Befehl, Herr Hauptmann! Wir hatten also angeblich keine Ahnung, aber Markus wusste davon«, sagte der Kapitän. »Könnte er böse Hintergedanken gehabt haben?«

»Das kann ich mir kaum vorstellen. Seine Trauer war echt. Im Übrigen glaube ich nicht, dass sich die Polizei für diesen Fall überhaupt interessiert, denn die Pathologen haben die Leiche ja bereits freigegeben, morgen um zwei Uhr ist die Beerdigung. Und ab Mittwoch wird Markus wieder bei uns essen. – Übrigens, wo jetzt die Gretel wegfällt, können wir wieder einen neuen Gast aufnehmen. Regine hat schon lange eine weitere Kollegin im Visier.«

Der Kapitän hörte kaum hin und schien weiterzugrübeln. »Wenn das mal keine Absicht war«, meinte er.

9

Daddy

Als am Mittag die ersten hungrigen Gäste, die Kinder und auch die schwarzweiße Katze fast gleichzeitig eintrudelten, gab es ein großes Hallo. Jeder sprach mit jedem, wollte vom Urlaub erzählen oder von der trostlosen Zeit ohne warmes Mittagessen. Dann wurde es plötzlich leiser, denn noch nicht alle hatten von Gretels Tod erfahren. Zwar vergoss niemand Krokodilstränen, der trauernde Witwer wurde jedoch bemitleidet.

»Schön, dass Markus übermorgen wieder kommen will«, sagte Tonja laut und deutlich. »Aber der Bohnenstange werde ich bestimmt nicht nachweinen.«

Obwohl sie im Grunde nur das aussprach, was wohl alle dachten, warf der Kapitän seiner Tochter einen warnenden Blick zu. Regine murmelte eilig: »*De mortuis nil nisi bene.*« Jens übersetzte sinngemäß für Nichtlateiner – wie den Kapitän und mich: »Man soll nichts Schlechtes über die Toten sagen.«

Eine ältere Lehrerin, die zum ersten Mal bei uns war und die Verstorbene nie kennengelernt hatte, wollte sich wohl als besonders geistreich profilieren. Gemessenen Schrittes ging sie zur großen Wandtafel und schrieb:

Der Mensch ist erst wirklich tot, wenn niemand mehr an ihn denkt. (Bertolt Brecht)

»Bravissimo«, sagte Regine, der ich die Neue verdankte. »Vielleicht sollte jeder noch unterschreiben, dann wirkt es wie eine kollektive Kondolenzkarte.«

Mir behagte dieser – im Grunde ja gutgemeinte – Spruch zwar nicht, aber natürlich setzte ich ebenfalls meinen Namen darunter. Um die triste Stimmung zu vertreiben, servierte ich schnell das bretonische Gericht, das der Kapitän hinter meinem Rücken kräftig mit Calvados angereichert hatte. Simon und Caro werden noch zu Säufern, dachte ich, denn sie ließen es sich schmecken.

Am kleinen Tisch maulte nur Tassilo: »Es schmeckt so, wie der Opa riecht!«

Der Kapitän verstand es jedoch, den Aufmüpfigen schleunigst zum Schweigen zu bringen. Selbst die Mittagskatze schien mein Gericht zu mögen, denn sie gab unterm Katzentisch ein wollüstiges Maunzen von sich.

Mein Laden läuft gut, dachte ich stolz, die Leute fühlen sich wohl, die Stimmung ist perfekt. Und die böse Hex' ist tot, das ändert zum Glück auch kein barmherziges Geschwätz.

Meine Gäste studierten unterdessen den Menüplan. In Anbetracht der noch sommerlichen Temperaturen sollte es am Dienstag mit Feta gefüllte Calamari, schwarze Oliven und Tomatensalat geben, am Mittwoch etwas deftiger *Ossobuco alla milanese*, am Veggieday Feldsalat mit Walnüssen sowie handgeschabte Spätzle an einer cremigen Käsesauce, am Freitag aus dem Urlaub mitgebrachte Salsiccia mit Steinpilz-Risotto, hinterher Kaiserschmarren. Leider wusste ich nicht genau, ob Markus die Kalbshaxe nach meinem italienischen Rezept oder eher knusprig gegrillt bevorzugte.

»Da läuft einem ja schon beim Lesen das Wasser im Mund

zusammen«, sagte Jens, der inzwischen fast schwarzgebrannte Sportlehrer. In den Sommerferien hatte er offenkundig noch mehr Tennis gespielt als sonst. Inzwischen fand ich ihn nicht mehr ganz so doof. Er verblüffte uns immer wieder durch seine naturwissenschaftlichen und technischen Kenntnisse.

Etwas verspätet trat der Versicherungskaufmann ein, den ich ganz vergessen hatte. Er war anfangs nur auf den vegetarischen Tag abonniert gewesen, später kam er auch noch am Montag. Er begrüßte uns wie meistens mit einem leisen »Mahlzeit!«, klopfte dreimal auf den Tisch und zog sich schnell einen Stuhl heran, denn ich hatte nicht für ihn gedeckt. Es war noch genug Fleisch für ihn übrig, so dass meine Schusseligkeit nicht weiter auffiel. Obwohl dieser Gast schon seit zwei Monaten am Mittagstisch teilnahm, blieb er immer noch ein Fremdkörper. Da sich inzwischen alle duzten, hatte er irgendwann vorgeschlagen, ihn mit Ulle anzureden, was vielen schwer über die Lippen ging.

Sein Blick fiel auf die große Tafel. Regine klärte ihn über den Todesfall auf, Ulle unterschrieb ebenfalls.

»So eine wunderschöne, schlanke Frau«, sagte er bedauernd. »Das ist ein sehr schmerzlicher Verlust! Für mich war Gretels Anblick eine solche Augenweide, dass es sich schon allein ihretwegen lohnte, bei Nelly zu essen.«

»Hoffentlich war das nicht der einzige Grund«, sagte Tonja spöttisch. »Ich komme zum Beispiel, weil es mir noch jedes Mal gut geschmeckt hat.«

Beifälliges Gemurmel meiner anderen Gäste. Und so endete mein erster Arbeitstag nach den Sommerferien in Harmonie.

Bereits am Dienstag war es mit meiner euphorischen Stimmung vorbei. Gegen Mittag traf Tassilo ohne meine Kinder ein, was absolut ungewöhnlich war.

»Die kommen erst später«, erklärte der Kleine. »Die gehen noch Eis essen.«

Unerhört, fand ich. Direkt vor dem Mittagessen! Wie oft hatte ich ihnen eingeschärft, nach der Schule nicht zu trödeln, sondern unverzüglich heimzugehen. Was war denn auf einmal in meine Kinder gefahren? Waren sie im Italienurlaub allzu sehr mit *gelati* verwöhnt worden? Hatten sie überhaupt ihr Taschengeld eingesteckt? Ich nahm mir den unschuldigen Tassilo zur Brust. Er zuckte mit den Schultern; leider habe man ihn gar nicht eingeladen.

»Wer hat Simon und Caro eingeladen?«, fragte ich und hätte Tassilo am liebsten geschüttelt.

»Ein Mann«, sagte er. »Ich kenne ihn nicht.«

»Sind sie etwa in ein fremdes Auto gestiegen?«, fragte ich völlig geschockt, aber Tassilo verneinte.

»Ist was?«, fragte Regine, die mir das Entsetzen ansah. »Reg dich nicht gleich auf«, meinte sie. »Du musst jetzt erst einmal an deine zahlenden Gäste denken und das Essen auf den Tisch bringen. Wenn die Kinder in einer Viertelstunde nicht hier sind, fahre ich unsere drei Eisdielen ab, das verspreche ich dir!«

Natürlich sah ich alle paar Minuten auf die Uhr, aber zum Glück kamen meine Sprösslinge bald darauf zur Tür herein und setzten sich sofort zum Kapitän an den Katzentisch.

Vor meinen Gästen konnte ich jetzt keine große Szene machen, aber ich zischte meine Brut zornig an. »Mit euch habe ich gleich noch ein Hühnchen zu rupfen! Ihr könnt doch nicht einfach mit fremden Leuten Eis essen gehen.«

Die beiden senkten die Köpfe, der Kapitän machte eine beschwichtigende Geste. Simons Gesicht glühte, Caro wirkte ebenfalls völlig aus dem Lot. Was war passiert?

»Lass uns erst mal in Ruhe essen«, sagte der Kapitän, was aber keinem am kleinen Tisch gelang. Anscheinend wusste der sogenannte Opa mehr als ich. Die Katze machte sich unter dem Tisch über Caros Calamari her.

Als wir endlich unter uns waren, wollte ich sofort mit meiner Strafpredigt loslegen. Der Kapitän war sitzen geblieben, offenbar sah er sich in der Rolle des Schiedsrichters.

»Es war kein fremder Mann, es war Dad«, platzte Simon heraus.

Hörte ich einen gewissen Triumph in seiner Stimme?

»Er hat vor der Schule auf uns gewartet, ich habe ihn sofort an seiner Sprache erkannt. Er sagte *Hi, Mister Sandman...*«

Caro weinte, ich war völlig durcheinander.

Schließlich zog Simon einen zerknüllten Zettel aus der Hosentasche und legte ihn vor mich auf den Küchentisch. *I kom speter vor bey. Love Matthew,* las ich befremdet. Er hat auch mal besser Deutsch gekonnt, dachte ich. Was sollte man von dieser Botschaft halten? Auch der Kapitän wirkte beunruhigt, aber er bemühte sich, es vor den Kindern zu verbergen.

Caro kletterte auf seinen Schoß und schmiegte sich an ihn. Verträumt flüsterte sie: »Wir haben jetzt einen Papa, und der heißt Daddy.«

Schließlich berichtete Simon, sie hätten nur eine einzige Kugel Pistazieneis bekommen, und sein lange vermisster Vater hätte viel gefragt, aber wenig erzählt. Die Kinder wussten leider nicht, ob Matthew gerade erst in Deutschland eingetroffen war, ob er länger bleiben wollte und warum er sich nie gemeldet hatte. Durch seine wenigen Worte, die auf die Rückseite einer Eisdielenrechnung gekritzelt waren, wurde ich auch nicht klüger. Wann wollte er herkommen, was meinte er mit »später«?

Der Kapitän entschied, dass die Kinder am besten erst einmal ihre Hausaufgaben erledigten. Und ich sollte mich auch nicht von meinen gewohnten Pflichten abhalten lassen und lieber die Küche aufräumen.

Die Kinder liefen mit ihrem heißgeliebten Opa nach oben. Später nahm er sie mit zu sich nach Hause.

Gegen fünf Uhr klopfte es an der Haustür. Mein Herz klopfte noch lauter, während ich öffnete. Matthew sah anders aus, als ich ihn in Erinnerung hatte. Er war etwas schlanker geworden und trug einen Zehntagebart. Gut sah er aus, das musste man ihm lassen. Ich starrte ihn sekundenlang ungläubig an.

Er umarmte mich so unbefangen, als komme er von einer kurzen Geschäftsreise zurück, und sagte grinsend: »*Nice to meet you, Nelly!*«

Eine derart unverfrorene Begrüßung war ja wohl das Letzte! So schnell wie möglich befreite ich mich aus seinen kräftigen Armen, knallte nur schnell die Tür hinter ihm zu und polterte los: »Vier Jahre lang warst du nicht zu finden, und nun machst du dich heimlich an meine Kinder heran!«

»Ein Moment, de Kinde sind auch my Kids«, verbesserte er mich.

»Um die du dich überhaupt nicht gekümmert hast! Ich glaube kaum, dass dir dafür ein triftiger Grund einfällt. Aber egal, was du sagst, in spätestens fünf Minuten werde ich dich rausschmeißen …«

Daraufhin bekam ich ein paar Lügengeschichten aufgetischt: dass er ganz plötzlich in die USA abreisen musste, weil ihm das Frankfurter Pflaster zu heiß wurde. Die anderen Dealer hätten ihn sonst kaltgemacht. Und dass man ihm auch in seiner Heimat übel mitgespielt habe, weil dort alte Schulden nicht beglichen waren. Auch habe es ihn große Mühe gekostet, meinen jetzigen Aufenthaltsort zu ermitteln.

»Lass doch diesen Quatsch, ich glaube dir sowieso kein Wort«, sagte ich. »Wahrscheinlich hast du die ganze Zeit im Knast gesessen, aber das ist auch keine Entschuldigung! Jedenfalls möchte ich nicht, dass du meinen Kindern noch einmal auflauerst. Am besten du verschwindest genauso schnell, wie du gekommen bist.«

»O my God!«, sagte er. »*My heartless old Nelly!* Ick will nur all the best for de Kinde. In Germany haben de Kinde minimal chance, in my home alles better. My Frau will love my sweet kids.«

Hatte ich mich verhört? Dieses Kauderwelsch war ja unerträglich! Nach seinen wirren Worten war Matthew erstens verheiratet, zweitens wollte er Simon und Caro mit in die Staaten nehmen, und drittens behauptete er, sie hätten es dort besser als hier.

»Du spinnst ja völlig!«, brüllte ich wütend. »Hau ab! Wenn du nicht gleich gehst, rufe ich die Polizei!«

Er griff nach meiner Hand und hielt sie fest. Ich sei eine schreckliche Egoistin. Man könne Simon und Caroline doch nicht den Vater vorenthalten, er habe beim Italiener bereits in wenigen Minuten ihre Herzen gewonnen. Kinder in diesem Alter bräuchten unbedingt eine männliche Bezugsperson.

»Aber bestimmt keinen Rabenvater!«, schnauzte ich.

Dieses Wort schien ihm fremd zu sein, denn er grinste amüsiert. Dann öffnete er seine Brieftasche und blätterte fünfhundert Euro auf den Tisch. »Bald kommen mehr!«, behauptete er.

Mit einer vehementen Handbewegung fegte ich das Geld vom Tisch und fauchte: »Raus hier!«

Matthew stand auf, ging tatsächlich und schloss die Haustür besonders sanft, als wolle er damit seine lammfromme Gesinnung beweisen. Die Scheine blieben allerdings nicht lange auf dem grünen Linoleumboden liegen. Ich stopfte sie in den Kassen-Karton, den ich hinter meinen Kochbüchern und Aktenordnern versteckt hatte. Dann fing ich endlich an zu heulen. Wahrscheinlich hatte ich alles falsch gemacht. Was sollte ich den Kindern jetzt sagen? Dass ich wie eine Furie ihren lieben Daddy aus dem Haus gejagt hatte?

Natürlich hätte ich als Erstes nach seinem momentanen Aufenthaltsort fragen müssen, ich hatte weder seine ständige Adresse noch seinen richtigen Namen. Aber bildete er sich tatsächlich ein, ich hätte jemals die fürchterliche Szene mit dem Kameruner vergessen können?

Ich war verzweifelt. Meine ganze Hoffnung setzte ich auf Markus. Wenn er ab morgen wieder regelmäßig zur Mittagszeit hier aufkreuzte, würde ich ihn ins Vertrauen ziehen und um Beistand bitten. Auch der Kapitän wusste vielleicht Rat.

Als die Kinder wieder da waren und auch endlich im Bett lagen, rief ich bei ihm an. In seiner bedächtigen Art gelang es dem Kapitän, mich etwas zu beruhigen. »Wir können morgen bei den umliegenden Hotels anrufen und nach Matthew fragen oder auch bei den Taxiunternehmen und zur Not bei der Polizei. Er muss schließlich irgendwo übernachten«, sagte er. »Ich glaube nicht, dass er die Stadt verlässt, ohne sich von seinen Kindern zu verabschieden. Wenn ich besser zu Fuß wäre, würde ich die beiden morgen von der Schule abholen, damit sie nicht von ihrem Papa entführt werden. Ich werde Tonja bitten, dass sie es übernimmt. Gute Nacht, Nelly, morgen sehen wir weiter.«

Beim Stichwort Entführung wurde ich erneut hysterisch. In die USA! Schon mehrfach waren mir dramatische Geschichten zu Ohren gekommen, dass Kinder in irgendwelche fernen Länder – vorzugsweise in arabische – verschleppt worden waren und die Mütter sie erst nach jahrelangem Kampf zurückbekamen. Andererseits brauchte man für die Ausreise gültige Pässe, die Simon und Caro natürlich nicht bei sich trugen. Für unsere Italienreise hatten ihre Kinderausweise genügt, und die lagen jetzt wohlverwahrt in einer Schreibtischschublade. Ich kramte sie hervor und versteckte sie unter meiner Matratze. Eigentlich hatte ich mich heute auf Markus freuen wollen, jetzt war ich nicht mehr in der Stimmung, um von einer glücklichen Zukunft zu träumen.

Während ich schlaflos im Bett lag, schossen mir tausend

Horrorszenarien durch den Kopf, doch auch die hingeblätterten Geldscheine ließen mich nicht los. Vielleicht gab es noch eine geringe Hoffnung, Matthew zu regelmäßigen Überweisungen zu zwingen, es würde sich auf meine finanzielle Situation sehr positiv auswirken. Irgendwie mussten wir den Ami fassen und kleinkriegen. Beim nächsten Mal würde ich vernünftiger reagieren.

Es gab noch einen weiteren Gesichtspunkt, der mich etwas optimistischer werden ließ. Zum Glück hatte ich das alleinige Sorgerecht für meine Kinder. Beim Standesamt war Matthew zwar als Vater eingetragen, aber unter einem falschen Namen. Er hatte keine Chance, die Kinder legal in die USA zu bringen. Daddy war kriminell, daran gab es nichts zu rütteln.

Doch wie sollte ich das alles meinen Kindern erklären? Als ich sie zu Bett gebracht hatte, wirkten sie zwar verstört und aufgewühlt, aber auch begeistert von neuen familiären Möglichkeiten.

»Mama, kennt die Oma eigentlich unseren Daddy?«, hatte Caro mit fiebrig heißen Wangen gefragt. Auch Simon wollte allerhand wissen, was ich nicht beantworten mochte. Auf die Dauer konnte ich mich aber um klare Aussagen nicht herumdrücken. Wie sollte es weitergehen ohne ständige Lügen?

10

Ossobuco

Markus hatte mir zwar zu einer großen gewerblichen Spülmaschine geraten, aber leider hatte ich nicht auf ihn gehört. Also plagte ich mich mit zwei normalen Maschinen herum, die ich immer am frühen Morgen ausräumte, noch bevor ich die Kinder weckte. Wenn wir fertig gefrühstückt hatten, kamen die Kakaobecher, meine Kaffeetasse und drei Kunststoffbrettchen in die leere Maschine, nach dem Mittagessen quetschte ich schließlich die vielen Teller, Töpfe, Gläser und Bestecke hinein. Als ich an jenem Mittwoch gegen acht die Klappe öffnete, entdeckte ich mit Befremden einen Turnschuh meines Sohnes und ein Kuscheltier meiner Tochter im Geschirrkorb. Sonst spielten mir meine Kinder nie solche Streiche, sie mussten ziemlich durcheinander sein. Kurze Zeit später rief mich Tonja an und wollte wissen, wann genau Simon und Caro aus der Schule kommen würden.

»Mein Herr Papa meint, es sei besser, wenn deine Lieblinge in sicherer Begleitung nach Hause gebracht würden. Du hättest gerade Probleme mit deinem Ex …«

Ich bedankte mich überschwenglich.

»Übrigens scheint er ein Auge auf deine Mutter geworfen zu haben«, sagte Tonja noch und kicherte.

»Na und?«, sagte ich. »Ist doch ein schönes Paar! Gegensätze ziehen sich nun mal an.«

»Vielleicht kriege ich ja eine neue Mutti und du einen neuen Papi, wir werden Schwestern und sind beide keine Halbwaisen mehr«, scherzte sie noch und legte auf.

Tonja hatte mich durch ihr munteres Geplänkel von meinen Sorgen etwas abgelenkt und aufgeheitert, trotzdem hätte ich fast einen haltenden Bus gerammt, als ich zum Metzger sauste. Die Kalbshaxen sollten tadellos und vor allem ganz frisch sein.

Zu Hause erwartete mich bereits der Kapitän. Er knipste den Fernseher wieder aus, band sich die Schürze um und angelte sich das große Schneidebrett. Ich übergab ihm Tomaten zum Vierteln und Entkernen, Zwiebeln und Knoblauch zum Kleinschneiden, Petersilie zum Hacken und Zitronen, um Zesten abzuziehen.

»Heute gibst du dir besonders viel Mühe«, meinte er. »Ich ahne auch, warum.«

Ich lächelte wie ein verlegener Teenager, wie immer hatte er mich durchschaut.

Als es bereits köstlich aus dem Ofen duftete, klingelte mein Handy. Es war Markus.

»Sei mir nicht böse«, sagte er. »Aber in dieser Woche klappt es leider nicht mehr, ich muss absagen. Es sind noch tausend Dinge zu erledigen, ein Todesfall ist nicht in ein paar Tagen abgehakt. Ab nächstem Montag komme ich ganz bestimmt wieder regelmäßig.«

Mir verschlug es fast die Sprache, stotternd versuchte ich, ihn mit der Kalbshaxe doch noch zu ködern.

»Lieb gemeint, aber es geht wirklich nicht. Wenn viel übrigbleibt, würde ich mir gegen Abend gern eine kleine Portion abholen. Das wäre wunderbar, denn ich habe heute bestimmt keine Zeit zum Kochen.«

Immerhin ein Lichtblick. Der Kapitän schaltete schnell. »An deinem enttäuschten Ausdruck habe ich sofort erkannt, dass sich dein Held heute nicht mehr blicken lässt. Tut mir zwar leid für dich, aber ich verstehe ihn eigentlich ganz gut. Gestern war erst die Beerdigung, da steht einem nicht der Sinn nach Völlerei.«

Soviel ich wusste, hatte der Kapitän den Tod seiner Frau nur schwer verkraftet. Einmal hatte er seine Brieftasche geöffnet und mir ein abgewetztes Foto gezeigt. Es war zwar eine mütterlich wirkende Matrone, aber mit dem gleichen mädchenhaften Lächeln, mit dem Tonja uns alle bezaubern konnte. Keinerlei Ähnlichkeit mit meiner Mutter, die vielleicht im gleichen Alter war, aber jugendlicher, strenger und sportlicher aussah.

Nachdem Markus abgesagt hatte, machte mir das Kochen keinen Spaß mehr; Perlen vor die Säue, schimpfte ich verstimmt. Erst nächsten Montag würde der Mann meiner Träume wieder am Mittagstisch teilnehmen, aber immerhin kam er hoffentlich heute Abend vorbei. Kurz entschlossen rettete ich die zwei schönsten Scheiben *Ossobuco* vor der hungrigen Gästeschar und stellte sie gut verpackt in den Kühlschrank.

Ab zwölf Uhr trafen die ersten Kostgänger ein, etwa eine Stunde später auch Simon, Caro, Tassilo, Tonja und die Katze.

»Draußen steht jemand und wartet auf dich«, flüsterte mir Tonja zu, während die Kinder an ihren Opa-Tisch huschten. Ich öffnete die Tür einen Spalt und entdeckte Matthew, der rauchend am Pfosten lehnte. Ich wollte schon »Verpiss dich!« zischen, riss mich aber noch rechtzeitig zusammen.

»Hi, Nelly«, sagte er, diesmal ohne den Versuch, mich zu umarmen. »Wir mussen vernünftig reden!«

»Im Augenblick habe ich keine Sekunde Zeit«, sagte ich. »Im Gegensatz zu dir schufte ich Tag für Tag! Es war nicht leicht für mich, einen Mittagstisch für Gäste aufzubauen, aber ich muss schließlich meine Kinder ernähren. Du hast keinen Cent für sie übriggehabt.«

»Heute Abend?«, schlug er vor. Aber da erwartete ich Markus. »Gib mir deine Handynummer, ich werde mich melden«, sagte ich widerwillig. Er rückte sie heraus und nannte auch das Hotel, in dem er abgestiegen war, es befand sich ganz in meiner Nähe. Dann schlug ich ihm die Tür vor der Nase zu.

Hochrot im Gesicht bediente ich meine Kundschaft. Tonja gab mir ein Zeichen, dass sie mir unbedingt noch etwas sagen wollte, und zwar unter vier Augen. Allerdings hatte auch sie wenig Zeit, denn sie musste wieder in die Schule. Nach dem Unterricht wollte sie aber noch einmal vorbeikommen, hoffentlich nicht gerade dann, wenn Markus hier eintraf.

Als ich schließlich auch Tassilo, die Katze sowie den Kapitän verabschiedet hatte und mit den Kindern allein war, begann das Verhör. Ja, Tonja habe vor der Schule gewartet, aber auch Matthew. Doch Tonja habe sich dem neuen Daddy sofort in den Weg gestellt, ihn auf Englisch angesprochen und auch weiterhin in dieser Sprache mit ihm geredet. Da sie kein Wort verstanden, liefen Simon, Caro und Tassilo ein Stück voraus zu der Katze, die stets auf halber Strecke wartete. Sie drehten sich aber immer wieder mal um, ob Daddy und Tonja ihnen folgten.

»Mama, warum hast du unserem Papa nichts zu essen gegeben?«, fragte Caro vorwurfsvoll.

Und Simon meinte: »Ich verstehe gar nichts mehr. Freust du dich überhaupt nicht, dass Dad wieder da ist? Mich deucht, du liebst ihn nicht mehr.« Wieder so einer von Regines Ausdrücken. Allmählich ging mir ihr Einfluss auf meine Sprösslinge gründlich auf die Nerven.

»Ach Kinder, das ist alles nicht so einfach«, seufzte ich. »Das Leben ist nun mal sehr kompliziert! Ich verstehe zum Beispiel nicht, warum ich Schuhe und Hasen in der Spülmaschine gefunden habe! Und jetzt werden Schularbeiten gemacht, und zwar zack, zack! Wenn nachher Tonja kommt, habe ich keine Zeit mehr, dann müsst ihr fertig sein. Um halb fünf dürft ihr zur Belohnung einen lustigen Film im Kinderkanal anschauen!«

Den Fernsehkonsum meiner Brut hatte ich rigoros eingeschränkt, deshalb machten sie sich gehorsam ans Werk. Zu dumm, dass der Kapitän nicht mehr da war, um ihnen zu helfen.

Schließlich saßen die Kinder vor der Glotze, und ich trank Kaffee mit Tonja. Da sie Englisch unterrichtete und sogar ein Jahr lang in New York gelebt hatte, war es für sie kein Problem gewesen, Matthew nach Strich und Faden in seiner Muttersprache auszufragen.

»Also, um die Katze aus dem Sack zu lassen: Matthew ist verheiratet, und seine Frau kann keine Kinder kriegen. Am liebsten würden sie Simon und Caroline adoptieren, aber das ist natürlich total hirnrissig. Sie arbeiten beide auf einer Farm in North Dakota. Matthew lebte in Deutschland jahrelang unter falschem Namen, und ich hab auch rausgekriegt, warum. Im Afghanistan-Krieg erlitt er nämlich eine Verwundung, wurde nach Ramstein ausgeflogen und in einem Militärkrankenhaus in Landstuhl behandelt. Von dort desertierte er und kam zuerst bei einem deutschen Dealer unter. In Frankfurt wohnte er dann illegal bei dir; du kannst froh sein, dass er nicht geschnappt wurde. Bestimmt hat er dir kein Sterbenswörtchen verraten, um dich nicht auch noch mit hineinzuziehen. Mittlerweile aber führt er wohl ein absolut bürgerliches Leben.«

»Er hat mich von A bis Z angelogen«, sagte ich. »Ich will nichts mehr mit ihm zu tun haben, aber ich möchte natürlich, dass er Alimente für seine Kinder zahlt. Wenn ich endlich seine Heimatadresse und seinen richtigen Namen wüsste, könnte ich ihn verklagen.«

»Immerhin wart ihr ein paar Jahre lang zusammen. Womit hat er denn sein Geld verdient, beziehungsweise was hat er dir vorgeflunkert? Warst du niemals misstrauisch?«

»Er hat mir weisgemacht, dass er mit gebrauchten Autos handelt, das habe ich ihm eine Zeitlang auch abgenommen. Damit erklärte er auch seine unregelmäßigen Arbeitszeiten, aber wahrscheinlich wollte ich es gar nicht so genau wissen ...«

»Mir gegenüber hat er von Drogen geredet. Ehrlich gesagt, war er mir gar nicht mal unsympathisch, und sein Interesse für die Kinder scheint echt zu sein.«

»Kommt ein bisschen spät«, sagte ich und bedankte mich bei Tonja. Ich sah ein, dass ich noch einmal mit Matthew reden musste, doch nur unter Zeugen.

An der Haustür gaben sich Markus und Tonja die Klinke in die Hand. Tonja schien ein wenig erstaunt über den Besucher, drückte nur kurz ihr Mitgefühl aus und verschwand. Ich führte Markus in die Küche, weil die Kinder oben noch vor dem Fernseher saßen. Allerdings kamen sie bereits nach wenigen Minuten angesaust, und Caro piepste: »Lieb Mütterlein, es hungert mich!«

Wohl oder übel setzten wir uns alle vier an den kleinen Katzentisch, ich wärmte das Essen für Markus auf und servierte meinen Zwergen Brot, Milch, Nutella, Ketchup und Lyoner Wurst.

»Lecker, anscheinend ein ganz neues Rezept! Was hast du denn da wieder Feines gekocht?«, fragte der mampfende Markus.

»Du hast dir doch Kalbshaxe gewünscht«, sagte ich.

»Wirklich? Kenne ich gar nicht auf diese Art …«

»Das nennt man *Ossobuco*«, belehrte ihn Simon.

Und Caro konnte nicht an sich halten, die Neuigkeiten auszuplaudern. »Wir haben jetzt wieder einen Daddy. Super, nicht?«

Markus sah mich verständnislos an. Ich meinte nur: »Das ist eine lange Geschichte, ich erzähle sie dir ein andermal.«

Wir schwiegen eine Weile, die Kinder stocherten mit ihren Messern im fast leeren Nutella-Glas herum, Markus bat um ein Bier. Als er hochschaute, entdeckte er den Spruch an der Tafel – unsere kollektive Beileidskarte. Mit gedämpfter Stimme las er vor: *Der Mensch ist erst wirklich tot, wenn niemand mehr an ihn denkt*. Tränen traten ihm in die Augen. »Ich danke euch. Dieser Satz ist wunderschön. Für mich wird

Gretel niemals tot sein, und meine Schuld wird mir mein Leben auf ewig verdüstern.«

Das konnte ja heiter werden, dachte ich.

Aber Markus fügte noch hinzu: »Eigentlich ist das ein guter Grabspruch, was meinst du? Mir ist bis jetzt noch nichts Originelles eingefallen. Am besten, ich frage mal Regine, die ist am gebildetsten von uns allen.«

»Mama ist auch am gebildetsten«, sagte Simon nachdrücklich.

Caro ließ sich ebenfalls nicht lumpen: »Und ich auch!«

Markus wischte sich mit einer Papierserviette den Mund ab. »Es hat gut geschmeckt, ich bedanke mich herzlich«, sagte er und stand auf. Ich begleitete ihn an die Tür und umarmte ihn auf möglichst kameradschaftliche Weise, um ihn bloß nicht zu verschrecken.

»Ach, wenn ich dich nicht hätte«, sagte er. Fast die gleichen Worte hatte ich erst kürzlich zum Kapitän gesagt. Leicht frustriert setzte ich mich wieder zu meinen Kindern.

»Wen hast du eigentlich am liebsten: Daddy, Markus oder den Opa?«, fragte Caro, die trotz ihrer sechs Jahre schon ein waches weibliches Interesse für die Liebe entwickelte.

»Euch beide, mein Schatz, dich und Simon.«

Als die Kinder um halb neun Uhr im Bett lagen, beschloss ich todesmutig, jetzt endlich im Hotel anzurufen.

»So«, begann Matthew. »It is wiktik for uns von de kids zu spreken. Sorry for de Fehler. So, wann kann ick come?«

Inzwischen hatte ich fast Lust, ihm auf Englisch zu antworten, aber das war auch keine gute Lösung. Wahrscheinlich würde ich mich schrecklich blamieren, so wie damals, als ich *I have pig* gesagt hatte und er sich vor Lachen krümmte.

»Wie heißt du überhaupt?«, fuhr ich ihn an. »Ich weiß noch nicht einmal deinen richtigen Namen!«

»Matthew is okay, ick bin Matt Smith.«

Sehr originell, dachte ich und bestellte ihn für den kommenden Samstag um elf Uhr morgens, wenn ich kein Mittagessen vorbereiten musste. Die Kinder sollten zu Tassilo gehen, weil seine Mutter dann zu Hause war und sich um alle drei kümmern konnte; sie stand tief in meiner Schuld. Seit wir hier wohnten, war Tassilo der Freund meines Sohnes, leider auch sein einziger. Simon hatte ihn gleich am ersten Schultag kennengelernt, und es war ein Glück für den kleinen Kerl, dass er ganz in der Nähe wohnte. Seine Mutter war alleinerziehend wie ich, ständig abgehetzt und heilfroh, dass ihr Kind stundenweise bei uns ein warmes Nest gefunden hatte. Tassilo verließ uns meistens gegen vier. Wenn es später für seine Mutter wurde, holte sie ihn gelegentlich auch ab. Obwohl er drei Jahre älter war als meine Tochter, waren sie etwa gleich groß. Caroline gab offen zu, dass sie den Freund des Bruders heiraten wollte.

»Und dann kriege ich sechs Kinder, sechs Hunde und sechs Katzen!«, sagte sie.

»Warum gerade sechs?«, hatte der Kapitän gefragt.

»Aber Opa, weil ich sechs Jahre alt bin«, sagte sie.

Obwohl es schon spät war, rief ich den Kapitän noch an, um sicher zu sein, dass er am Samstag anwesend sein würde. Im Allgemeinen kam er ja sowieso, um mit mir den Menüplan für die kommende Woche zu erstellen und anschließend mit uns zu essen.

»Bist du sicher, dass du nicht lieber allein mit deinem Ami reden möchtest?«, fragte er. »Ich weiß wirklich nicht, ob ich dir bei juristischen Verhandlungen helfen kann. Immerhin ist mein Englisch nicht eingerostet, schließlich war es die wichtigste Sprache an Bord.«

»Ich wollte dich nur als Zeugen und nicht als Dolmetscher dabeihaben. Sein Deutsch ist zwar unter aller Sau, aber mit der Sprache komme ich schon zurecht«, sagte ich. »Schließlich haben wir uns früher immer ganz gut verständigt.«

»Im Bett ist das keine Kunst«, meinte der Kapitän.

11

Fotos aus North Dakota

Am Donnerstag und Freitag kam es zu keinen besonderen Vorfällen, Tonja holte vorsichtshalber die Kinder von der Schule ab, doch Matthew wurde gar nicht mehr vor dem Pausenhof gesichtet.

»Ich hab' mal im Hotel angerufen, ob er überhaupt noch da ist«, sagte sie. »Anscheinend ist er heute nach Frankfurt gefahren, hat aber das Zimmer behalten. Also kannst du am Samstag bestimmt mit ihm rechnen, mein Papa will dir bei diesem Gespräch tapfer zur Seite stehen.«

Allmählich hatte ich das Gefühl, dass der halbe Mittagstisch über meine Probleme Bescheid wusste und ich scharf beobachtet, ja womöglich gar bemitleidet wurde. Der Kapitän hatte seine Tochter Tonja eingeweiht, die tratschte wiederum mit Regine und beide mit ihrem Kollegen Jens. Ob der Sportlehrer dichthielt, stand in den Sternen.

Der Kapitän wusste mittlerweile von Tonja, dass besagter Jens eine portugiesische Freundin hatte, die aber seit Monaten ihre todkranke Mutter in Coimbra pflegte. In den Sommerferien hatte er sie endlich besuchen können.

»Vielleicht war es doch kein guter Rat, dass du es mal mit dem Tennisspieler probieren solltest«, sagte mein weiser Freund. »Jens ist leider besetzt, Markus blockiert, dein Ami taugt nichts. Die anderen sind sogar verheiratet, nur der Ulle ist noch zu haben. Aber den magst du nicht besonders, oder doch?«

Ich schüttelte mich. »Wie kommst du nur auf die Idee, dass ich einen Mann brauche!«, sagte ich und verdrehte die Augen.

Terminlich klappte es am Samstag wie geschmiert. Die Kinder waren beizeiten zu Tassilo aufgebrochen, der Kapitän hatte sich auf dem Sofa breitgemacht, und Matthew erschien trotz des heftigen Regens pünktlich auf die Minute, frisch geduscht und in einem blaugrauen Sweatshirt, das mit seiner Augenfarbe gut harmonierte. Er stellte den Hotelschirm in die Spüle, trennte sich aber nicht von einer geräumigen Segeltuchtasche, in der ich seine Dokumente vermutete. Die beiden Männer stellten sich gegenseitig etwas verlegen vor, und ich erklärte, dass der Kapitän eine Art Großvater für meine Kinder sei und deswegen an unserem Gespräch teilnehmen dürfe.

Als alle saßen, schenkte ich Kaffee ein und wollte mich nun nicht mehr lange mit Smalltalk und den Klagen über das lausige Wetter um die nötige Auseinandersetzung herumdrücken.

»Ich habe jetzt erst begriffen, dass ich jahrelang mit einem desertierten GI zusammen war und du dich in Frankfurt illegal bei mir eingenistet hattest«, begann ich meine Anklage, obwohl ich im Grunde meines Herzens seine Fahnenflucht durchaus verstehen konnte.

»Illegal? Und du mackst legal?«, sagte er. »Du hast no licence for de restaurant!«

Das hatte er also bereits spitzgekriegt. Der Kapitän erklärte, dass man für eine private Tischgesellschaft nicht unbedingt eine Konzession brauche. Aber darum gehe es schließlich nicht, sondern um das Wohl der Kinder.

Daraufhin ergriff ich wieder das Wort: »Bei uns in Deutschland – ja in ganz Europa – ist ein Vater unterhaltspflichtig, auch wenn man nicht verheiratet ist. Ich kann mich folglich ans Jugendamt wenden, wenn du nicht freiwillig zahlst.«

Matthew wusste das natürlich, doch ebenso war ihm bekannt, dass er als Vater ein Recht auf Umgang mit seinen Kindern hatte. Nachdem er sich mehrmals geräuspert und zweimal mit *well* und einmal mit *actually* angesetzt hatte, kam ein unglaublicher Satz heraus. Ihm schwebte nämlich eine Aufteilung vor.

»Simon kommt mit in de States, Caroline bleibt bei dir!«

Bevor ich mit ruppigen Worten aufbegehren konnte, schaltete sich der Kapitän ein und blies dem Amerikaner gehörig den Marsch. Das sei ein Ding der Unmöglichkeit und vollkommen abwegig.

Matthew grinste und provozierte mich mit einer neuen Idee: Beide Kinder könnten ja die warme Jahreszeit bei ihm auf der Farm verbringen und anschließend in Deutschland überwintern.

»Das kann doch nicht Ihr Ernst sein! Völliger Humbug und genauso indiskutabel«, protestierte der Kapitän. »Die Kleinen sind hier aufgewachsen, sprechen kein Englisch, besuchen hier die Schule. Sie gehören hierher. Der Verlust ihrer Mutter kann zu einem lebenslangen Trauma führen. Als Vater haben Sie sich bisher überhaupt nicht hervorgetan, ich verstehe sowieso nicht, woher das plötzliche Interesse kommt.«

Nun bekamen wir die rührselige Geschichte vom unerfüllten Kinderwunsch seiner Ehefrau aufgetischt. Abgesehen davon musste die Unglückliche auch noch unter der permanenten Missachtung ihres Vaters leiden, der sich einen Stammhalter wünschte. Doch neuerdings hatte Matthews stockkonservativer, inzwischen krebskranker Schwiegervater eine Lösung für seine Nachfolge. Er würde seiner Tochter die Farm nämlich nur unter der Bedingung überlassen, dass männlicher Nachwuchs gesichert sei. Die Adoption eines Kindes unbekannter Abstammung lehne er ab, aber er akzeptiere Matthews unehelichen Sohn. Auch seine Familie habe deutsche Vorfahren, sagte der alte Mann, und ein Foto von Simon habe ihn überzeugt, dass mein blonder Junge der richtige Nachfolger für seinen großen Grundbesitz sei. Eine unerhörte Chance für Simon, wie sie in Deutschland kaum denkbar sei!

»Im Grunde geht es dir gar nicht um deinen Sohn, sondern um die Farm«, sagte ich zornig. »Wenn du es wirklich gut mit deinen Kindern meinst, dann solltest du lieber heute als morgen einen Dauerauftrag bei deiner Bank einrichten, pro Kind mindestens zweihundert Euro im Monat. Erst wenn das über längere Zeit reibungslos läuft, werden wir über dein Umgangsrecht verhandeln. Und jetzt will ich deinen Pass sehen, und du sollst mir deine Adresse – und zwar die richtige – aufschreiben.«

Brav wie ein Musterschüler gehorchte Matthew, nahm Papiere und eine Art Visitenkarte aus der Tasche, um uns von seinem guten Willen überzeugen. Schließlich rückte er seinen Sessel dicht an meinen heran, um mir Fotos der Farm und des Hauses zu zeigen. Seine unmittelbare Nähe machte mich zusehends nervös.

Der Kapitän stand plötzlich auf, er schien sich zu ärgern. »Ich glaube nicht, dass ich noch gebraucht werde«, sagte er. »Ihr kommt wohl jetzt auch ohne mich klar. Alles Gute, und vergessen Sie den Dauerauftrag nicht! Bleib sitzen, Nelly, ich finde schon allein hinaus.«

Was hatte er nur?, dachte ich, wir waren doch noch gar nicht dazu gekommen, den Speiseplan auszutüfteln.

Kaum war der Kapitän verschwunden, belegte Matthew auch schon den frei gewordenen Platz auf dem Sofa. »Nelly, komm zu mick, ick will show you some wonderfully beautiful fotos …«

Es war bestimmt ein Fehler, dass ich mich neben ihn setzte. Irgendetwas begann in mir zu kribbeln, seine Hände, seine leicht gebräunten Arme, seine Stimme und der Geruch nach Camel-Zigaretten waren allzu vertraut und erinnerten mich mit einem wohligen Schauer an längst vergangene Stunden, in denen wir glücklich gewesen waren. Die Hochglanzfotos, die er mir zeigte, konnten aus einem Western stammen: endlos blauer Himmel, endlos goldene Weizen- und Sonnenblumenfelder, riesige Mähdrescher und Traktoren, ein weißes Haus mit einer Veranda. In Gedanken sah ich meinen Simon als Herrscher über das Riesenreich im Red River Valley, wie er mit Cowboy-Hut, einem roten Halstuch und Stiefeln mit Sporen über seine Latifundien ritt.

»Wo liegt North Dakota überhaupt?«, fragte ich mit ungewohnt sanfter Stimme und erfuhr, dass sich dieser nördliche Staat nah der kanadischen Grenze befand, ein gemä-ßigtes Klima hatte und hauptsächlich von Weißen bewohnt wurde. Am besten sollte ich mir mit eigenen Augen an-schauen, wie schön Simons neue Heimat sei.

»Komm mit mir«, flüsterte er und presste mich kurz und fest an sich. Irgendwie gelang es ihm, meine Abwehr zu ver-ringern und mich weicher zu stimmen, aber mein Verstand war noch nicht völlig ausgeschaltet.

»Da würde sich deine Frau ja herzlich freuen«, sagte ich spöttisch und griff nach seinen Zigaretten, obwohl ich mir eigentlich in der ersten Schwangerschaft das Rauchen ab-gewöhnt hatte. »Außerdem könnten deine Bilderbuchfotos auch aus dem Internet stammen, und in Wirklichkeit ist diese protzige Farm eine erbärmliche kleine Klitsche.«

Daraufhin griff er wieder in seine Segeltuchtasche und zog ein Poster im Querformat heraus, entrollte es feierlich und sagte, das große Bild sei ein Geschenk *for de Kinde.* Zum ersten Mal war er auch selbst zu sehen, wie er direkt vor jenem weißen Haus auf einem roten Ungetüm thronte – wohl einer landwirtschaftlichen Erntemaschine. Bis zum Hori-zont sah man Sonnenblumenfelder, wie sie van Gogh nicht schöner hätte malen können.

Durch den ungewohnten Qualm musste ich plötzlich husten, befreite mich mit einer heftigen Bewegung aus Mat-thews Arm und versengte dabei versehentlich das Poster, ausgerechnet im Mittelpunkt des weißen Hauses.

»Sorry«, sagte ich und drückte leicht verlegen die Kippe aus. »Habt ihr auch Tiere auf der Farm?«

»*No animals*«, sagte er. »Doch, de Frau hat ein canary, also ein canary bird. Aber no grazing animals or horses und so.«

Die Vorstellung von meinem galoppierenden Simon verblasste sofort wieder, ein anderes Bild tauchte auf.

»Hast du noch deine Gitarre?«, fragte ich.

Matthew lachte laut auf, wuschelte mir durchs Haar und begann zu singen: »*Oh my darling, oh my darling, oh my darling Clementine, your are lost and gone forever, dreadful sorry, Clementine!*«

Genau diese Ballade hatte ich noch einmal hören wollen. Er hatte sie mir und auch den Kindern oft als Schlaflied vorgesungen. Für die Kleine sang er dabei *oh my darling Caroline.* Wahrscheinlich war sein Repertoire damit auch schon erschöpft, doch ich wurde sofort sentimental. Es ist ein uralter Trick der Männer, Frauen mit Gesang zu verführen, und das war ihm bereits vor vielen Jahren bei unserem ersten Treffen gelungen. Orpheus konnte mit seiner Kunst nicht nur die Frauen, sondern sogar wilde Tiere bezirzen. Ein desertierter GI hatte mich mit einem simpel gestrickten Liedchen im Handumdrehen rumgekriegt. Ich bin eine dumme Kuh, dachte ich, bei Markus war es doch die gleiche Nummer: Als er das Lied vom kühlen Grunde sang, bin ich fast weggeschmolzen. Also schaute ich lieber mal auf die Uhr als in Männeraugen und stellte fest, dass es schon zwölf war und die Kinder jeden Moment heimkommen würden.

»Du musst jetzt gehen«, sagte ich so resolut wie möglich. »Ich will nicht, dass Simon und Caro dich hier antreffen. Sie sind ziemlich verunsichert über dein plötzliches Auftauchen, ich möchte auf keinen Fall, dass sie sich Hoffnungen machen, wir könnten wieder als Familie zusammenleben.«

Matthew stand auf, fragte, ob er noch einmal wiederkommen dürfe, und ich nickte leider. Dann begleitete ich ihn zur Haustür im Erdgeschoss und sah auf dem Küchentisch ein Blatt Papier liegen, das mir offenbar der Kapitän hinterlassen hatte.

Nelly, lass dich bitte nicht einwickeln!, las ich. Und dann folgte der Speiseplan. *Montag: Markklößchensuppe, Quarkspeise mit Brombeeren. Dienstag: Sauerbraten auf rheinische Art* und so weiter. Kalbshaxe kam nicht vor.

Caro roch es sofort. »Daddy war hier«, sagte sie schnuppernd.

Und Simon fragte: »Mama, rauchst du etwa heimlich? Rauchen schadet der Gesundheit!«

Ich beruhigte meine Kinder und überlegte, was ich auf die Schnelle kochen konnte. Aber schließlich war Samstag, wir aßen ausnahmsweise ohne den Kapitän, da durfte es ruhig mal wieder Spaghetti mit Ketchup geben. Während ich im oberen Stockwerk in unserer kleinen Küche herumhantierte, hatten die Kinder das angekokelte Poster neben dem Sofa entdeckt. Ich hörte, wie sich die beiden stritten. Caro wollte die freie Rückseite bemalen, Simon interessierte sich für die riesige Landmaschine. Er kam in die Küche gelaufen und fragte: »Mama, von welchem Hersteller ist dieser Mähdrescher? Ich tippe auf John Deere. Und woher hast du so ein cooles Bild?«

»Weiß nicht«, knurrte ich. Offenbar interessierte sich mein Sohn eher für das monströse, großmäulige Bauernfahrzeug als für dessen Fahrer.

»Darf ich das Poster über mein Bett hängen?«, fragte er. »Caro wollte es vollkritzeln, das habe ich ihr verboten.«

»Mach damit, was du willst«, sagte ich. »Das Essen ist gleich fertig.«

Während ich die Spaghetti abgoss und auf die Teller lud, musste ich dauernd an die Fotos aus North Dakota denken. Etwas fiel mir erst nachträglich auf: Blauer Himmel, Felder, Traktoren und das weiße Haus waren immer zu sehen, einmal auch Matthew selbst, aber weder seine Frau noch deren Vater. Vielleicht wollte er mir aus Taktgefühl seine Neue nicht zeigen, weil sie so wunderschön war, dass ich mich neben ihr potthässlich fühlen würde. Oder – Taktgefühl war ja nicht unbedingt seine Stärke – sie sah zum Kotzen aus, alt, verbraucht, vielleicht sogar entstellt. Diese Vorstellung bereitete mir eine gewisse Genugtuung. Das hast du nun davon, Freundchen, dachte ich, nur um dir eine große Farm zu erschleichen, hast du in einen verfaulten Apfel gebissen.

Ich stellte mir ein Narbengesicht mit Warzen auf der Nase vor, schielende Augen, schütteres Haar, verfärbte Zähne, krumme Beine, einen Wabbelpo, Hängebrüste und dazu eine hohe, keifende Mickymausstimme. Wie hieß sie überhaupt? Pocahontas wegen der Pockennarben? Ich überlegte, welche englischen Namen ich überhaupt nicht mochte, und entschied mich für Abigail oder Chloe.

Wir aßen wie in alten Zeiten unsere Nudeln nur zu dritt, ganz lässig, ohne Servietten oder gar ein Tischtuch. Ich war immer noch nicht ganz bei der Sache, dachte gleichzeitig über die Menüvorschläge des Kapitäns nach und rügte meine Kinder, weil sie über Tassilos Mutter herzogen. Dann wieder ging mir Markus nicht aus dem Kopf oder auch Matthew. Es war nicht zu übersehen, dass sie sich ähnelten, zu allem

Überfluss hatte der Ami auch eine Baseballkappe aufgehabt. Diese Übereinstimmung ließ mich an meiner eigenen Urteilsfähigkeit fast verzweifeln.

Die Kinder waren hocherfreut, als ich ihnen nach dem Essen schon wieder ein Fernsehstündchen gönnte, schließlich regnete es ja immer noch.

»Ihr habt es gut, aber eure Mama muss arbeiten«, sagte ich und setzte mich an den Schreibtisch, um den Einkaufsplan zu erstellen. Doch leider konnte ich mich auch weiterhin nicht richtig konzentrieren, die Begegnung mit Matthew hatte mich zu sehr aufgewühlt. Bis jetzt hatte ich nur einen flüchtigen Blick auf die Karte mit seiner Anschrift geworfen, jetzt las ich zum ersten Mal seinen richtigen Namen: Denzel M. Smith. Schließlich entdeckte ich auf der Rückseite auch den Namen seiner Frau: Jodie.

War das ein eher moderner Vorname, konnte man anhand des Namens das Alter dieser Frau einschätzen? Ich hatte keine Ahnung. Bisher hatte ich sie mir als klimakterische Nervensäge vorgestellt, zu alt zum Kinderkriegen; doch vielleicht war sie ja in meinem Alter. Für diesen Fall überlegte ich mir eine zweite Version, die mir fast noch besser gefiel: Jodie hatte sich als Teenager von einem schwarzen Sklaven schwängern lassen. Diese Katastrophe wurde von ihrem rassistischen Vater erst bemerkt, als seine Tochter bereits im sechsten Monat war. Trotz des hohen Risikos zwang er sie in einer Nacht-und-Nebel-Aktion zur Abtreibung. Die Engelmacherin pfuschte, Jodie wäre fast gestorben. Die Folge war irreversible Unfruchtbarkeit. Aus Rache wurde der Schwarze von den Cowboys der Farm mit dem Lasso eingefangen und grausam zu Tode geschleift. Aber die Sache sprach sich natürlich herum, Jodie war mit einem schlimmen Makel behaftet und blieb ein Ladenhüter. Als sich schließlich Matthew als Erntehelfer anheuern ließ, ergriff der Farmbesitzer die Gelegenheit. Von Liebe war keine Rede, aber die Ehre konnte wiederhergestellt werden. Für Matthew blieb allein ich die Königin seines Herzens, und damit hatte mein perfekter Groschenroman sein krönendes Happy End.

»Stopp!«, sagte ich laut, während ich bereits ein Herz auf meine Liste gekritzelt hatte, es gab schon lange keine Sklaven mehr und auf Jodies Farm weder Pferde noch Cowboys. Matthew war ein krummer Hund ohne Herz, Markus ein anständiger Mensch, und ich hatte mich doch schon längst für den Guten entschieden. Kurz entschlossen strich ich für Freitag den Vorschlag des Kapitäns wieder aus und setzte dafür *gegrillte Kalbshaxe* ein.

12

Die beiden Schaufler

Voller Freude begrüßte ich Markus, als er endlich wieder am Mittagessen teilnahm. Er wirkte zwar noch etwas mitgenommen, schüttelte aber viele Hände, dankte für das allgemeine Mitgefühl und ließ sich möglichst schnell auf einem freien Platz nieder. Offensichtlich wollte er, dass man nicht viel Aufheben um ihn machte. Also hielt ich mich zurück und lächelte ihm nur aufmunternd zu.

Die drei Kinder hatten immer viel Spaß mit dem Kapitän; es wirkte sich auch positiv auf die gute Laune der Mittagsgäste aus, wenn man das anfangs noch gedämpfte Kichern und anschließend das prustende Gelächter am Katzentisch hörte. Natürlich ahnten die Erwachsenen nicht, dass sie selbst der Anlass für die Heiterkeit waren. Heimlich hatte man die Gäste nämlich in verschiedene Spezies unterteilt: Fresssäcke, Schlinger, Schaufler, Mampfer, Stocherer, Löffler, Schlemmer, Schnabulierer, Schlürfer, Mümmelmänner oder Picker. Caro sah sich selbst als Leckermäulchen, Simon wurde zu den Schlingern, sein Freund zu den Stocherern gerechnet. Da Tassilo das Fleisch aber oft lange in seinen Backentaschen hortete, wurde er irgendwann zum Hamsterkönig gekrönt. Der selbstbewusste Kapitän hielt sich für den einzigen Genießer in der Runde, wurde aber von den Kindern als Wiederkäuer bezeichnet, weil er am Nachmittag gern die Reste vertilgte. Leider hatten die kleinen Spötter meinen guten Markus schon häufig beim Schaufeln beobachtet. Nun musste ich feststellen, dass auch Matthew zur Gattung der Schaufler gehörte.

An jenem Montag saß nämlich nicht nur Markus, sondern auch Matt, wie Matthew lieber genannt werden wollte, an meiner langen Tafel. Unangekündigt und ungebeten schlüpfte er gemeinsam mit Jens herein, natürlich gerade in jenem Moment, als ich das Essen servieren wollte. Ohne lange zu fragen, setzte er sich auf den freien Platz zwischen Tonja und Markus, der eigentlich für Regine reserviert war. Ich hatte weder die Zeit noch den Mumm, ihn energisch vor die Tür zu setzen. Meine Kinder warfen mir ratlose Blicke zu, zögerten eine Weile und begrüßten ihren Daddy schließlich höflich, aber etwas verschüchtert.

Als sie sich so gegenüberstanden, fiel mir auf, wie sehr Caroline – wenn man von ihrer Augenfarbe einmal absah – ihrem Vater ähnlich sah. Ich war so verwirrt, dass ich dem Kapitän zuflüsterte: »Was sollen wir bloß machen?«

»Nichts«, sagte er. »Gib ihm zu essen! Ich werde mich beeilen und mit den Kindern so bald wie möglich nach oben verschwinden.« Allem Anschein nach war er herzlos genug, mich meinem schweren Schicksal zu überlassen.

Inzwischen unterhielten sich Tonja und Matthew wieder auf Englisch. Offensichtlich beteiligte sich Markus nicht an ihrem Gespräch, vielleicht waren seine Englischkenntnisse ebenso bescheiden wie meine. Mit fliegenden Händen stellte ich vier Brotkörbchen auf den Tisch, füllte Rindfleischsuppe in die vielen Teller und achtete darauf, dass die sorgfältig zubereiteten Markklößchen gerecht verteilt wurden. Die nebeneinandersitzenden Männer M & M löffelten einer wie der andere ihre Suppe in geschäftiger Eile und krummer Haltung, schlürften jedoch dissonant. Bei der sahnigen Quark-Brombeer-Creme, die ich in mehreren großen Glasschüsseln angerichtet hatte, langten beide kräftig zu und begannen fast synchron mit dem Baggern. Allerdings legte Matthew nach amerikanischer Art die linke Hand auf den Oberschenkel, doch der rechte Ellbogen stützte sich bei beiden Männern während des Schaufelns auf den Esstisch. Meine Mutter hätte sich bestimmt über ihre Ungezwungenheit aufgeregt. Auch der Kapitän, der stets dafür sorgte, dass sich die Kinder beim Essen halbwegs anständig benahmen, musste Anstoß nehmen. Er kannte sich schließlich aus, hatte jahrelang die Reichen und Vornehmen bedient und dabei sowohl Menschenkenntnis und Lebenserfahrung erworben als auch gute Manieren verinnerlicht. Bei unserer Tischgesellschaft konnte er eigentlich nur mit Regine und Jens zufrieden sein. Selbst die Manieren seiner Tochter Tonja waren nicht immer ganz astrein. Bei mir fühlte man sich eben wie zu Hause.

Schließlich brach einer nach dem anderen auf, nur Matt blieb sitzen.

Ich reagierte ungehalten. »Siehst du denn nicht, dass ich keine Zeit habe?«, fuhr ich ihn an. »Jetzt hast du dich vollgestopft, ohne zu bezahlen, was willst du noch mehr? Im Kreuzworträtsel heißen ungebetene Gäste *Urian*, und so einer bist du! Anscheinend hast du immer noch nicht kapiert, dass wir alles bereits abgesprochen haben: Erst wenn du regelmäßig Unterhalt für deine Kinder zahlst, können wir weiterverhandeln. Und jetzt muss ich den Boden wischen, du stehst mir im Weg!«

Es sei längst noch nicht alles geklärt, widersprach er. Morgen müsse er zurückfliegen, sein Schwiegervater und seine Frau würden sich nicht zufriedengeben, wenn er ganz ohne Ergebnis wieder heimkäme.

»Das ist nicht mein Bier«, sagte ich und drohte ihm mit dem Mopp. »Hau ab! Wir brauchen dich nicht!«

»Du kannst de Kinde nikt um de Daddy betrugen«, sagte er traurig und trollte sich tatsächlich.

Während ich putzte und aufräumte, kamen mir immer mal wieder die Tränen. Natürlich gönnte ich Simon und Caro ihren leiblichen Vater, natürlich würde ich alles tun, damit sie eine unbeschwerte, glückliche Kindheit hätten. Dazu gehörte aber ein Papa, der in der Nähe lebte und sich Zeit für die Familie nahm. Simons Zukunft sollte sich nicht unter dem Kommando einer wildfremden Jodie auf einem roten Mähdrescher in North Dakota abspielen. Er war ein so gescheiter Junge, er würde bestimmt studieren und all das machen, was ich früher verbummelt hatte. Meine Mutter könnte endlich stolz auf den Nachwuchs sein. Ganz abgesehen davon war meine Caro ebenso intelligent wie ihr Bruder. Überhaupt waren meine Kinder die liebsten, schönsten und klügsten auf der ganzen Welt, obwohl sie halbe Amis waren.

Trotz meiner Wut auf Matthew hatte ich das Gefühl, allzu hart gewesen zu sein. Auch während der Zeit unseres Zusammenlebens hatte ich mich oft über ihn ärgern müssen, aber er war ein guter Liebhaber und lustiger Vogel, so dass ich ihm immer wieder verziehen hatte. Wenn es Gründe gab, mich über seine Unzuverlässigkeit aufzuregen, konnte er dreinschauen wie ein kleiner Junge, der etwas ausgefressen hat. Ich konnte ihm dann nie lange böse sein, und nun hatte er schon wieder diesen Trick angewendet. Was aber mochte sich Markus zusammengereimt haben? Er hatte gemeinsam mit Tonja das Haus verlassen, die beiden tuschelten miteinander. Ich hoffte sehr, dass Tonja ihm klargemacht hatte, dass es sich bei dem Amerikaner um keine Konkurrenz handelte.

Es kostet mich immer noch Überwindung, mich an jenen Montagabend zu erinnern. Es war schon spät, die Kinder lagen längst im Bett und schliefen. Bereits im Nachthemd, fiel mir ein, dass ich wohl vor lauter Aufregung die Haustür nicht abgeschlossen hatte. Widerwillig tappte ich barfuß noch einmal ins Erdgeschoss und sah sofort, dass auch der Backofen nicht ausgeschaltet war und die rote Kontrolllampe brannte. Für solche Schusseligkeiten war ich eigentlich zu jung, es musste an den Schauflern liegen, die mich völlig verwirrt hatten. Zu allem Überfluss entdeckte ich noch ein halbvolles Glas Calvados hinter der Küchenmaschine. *O Captain, my Captain!* Kurz entschlossen trank ich es aus, bevor ich das Glas in die Spülmaschine stellte. In diesem Augenblick hörte ich draußen einen Wagen vorfahren, kurz darauf klopfte es vorsichtig an die Haustür, und ich zuckte zusammen. Mein erster Gedanke war: Markus! Endlich! Ausgerechnet jetzt, wo ich wieder einmal mein ältestes Nachthemd anhatte und mir erst morgen früh die fettigen Haare waschen wollte!

Ich öffnete einen Spalt, erkannte im Dunkeln eine Baseballkappe und machte sofort auf.

Matt grinste mich leicht verlegen, ja schuldbewusst an.

»Was treibt dich denn schon wieder hierher, noch dazu bei nachtschlafender Zeit?«, giftete ich und konnte nicht verhindern, dass er sich in Windeseile hereinschlängelte.

Matthew kniete sich vor mich wie ein armer Sünder, der um Gnade bettelt, und machte dabei ein Gesicht, als wäre sein letztes Stündlein gekommen. Eine Schmierenkomödie, aber ziemlich komisch.

»Also sag schon!«, herrschte ich ihn an und musste trotzdem ein bisschen grinsen.

»*I don't believe in fate*«, begann er und besann sich gleich wieder auf sein schlechtes Deutsch. Aber in diesem Fall habe er es doch als Wink des Schicksals empfunden, als er heute beim Wiedersehen mit seinen Kindern plötzlich einen stechenden Schmerz in der linken Brustseite verspürt habe. *Heart attack!* Es sei sicher ein großer Fehler gewesen, dass er uns verlassen habe. Und bevor er nun endgültig abreise, habe er einen letzten Wunsch: Er wolle Simon und Caroline noch einmal schlafend in ihren Betten betrachten, nur zum Abschiednehmen. Vielleicht werde er ja bald sterben und seine Kinder nie wiedersehen. Dabei schmachtete er mich mit seinem bewährten Welpenblick so flehend an, dass ich weich wurde.

»Meinetwegen, aber nur für einen kurzen Moment. Du darfst sie unter keinen Umständen aufwecken!«

Ich machte die Tür zum Kinderzimmer weit auf und ließ durch den Flur etwas Licht hinein. Schlafende Kinder mit roten Bäckchen und abgestrampelten Decken können ihre Betrachter zutiefst anrühren. Selbst ich, die Tag für Tag dieses Vergnügen hatte, wurde von überbordender Liebe und Besitzerstolz geradezu überwältigt, während ich meine Kleinen mit einer schwachen Taschenlampe anleuchtete. Matthew, der schließlich ihr Vater war, erinnerte sich wohl an hollywoodreife Kitschrituale und betete mit gefalteten Händen über der schlummernden Caro, die in diesem Moment tatsächlich aussah wie ein kleiner Engel. Aber gerade als ich ihn wegzerren wollte, geschah es: Matt murmelte *Amen* und umarmte mich tränenüberströmt. Ich spürte, wie mein dünnes Nachthemd nass wurde, und fühlte mich völlig wehrlos.

»*Oh my darling Caroline! She is lost forever!*«, schluchzte er.

»Pst!«, flüsterte ich. »Die Kinder sollen nicht wach werden, morgen ist doch Schule, und wir müssen früh aufstehen. Komm, es ist genug, lass sie jetzt in Ruhe …«

Er nahm seine Hand zwar nicht von meiner Taille, folgte mir aber willig in den Flur, wo er mich mit großer Leidenschaft in die Arme schloss. Die langentbehrte Lust ließ mich sowohl schwindelig als auch kopflos werden. Was soll ich noch lange um den heißen Brei herumreden, wir landeten in meinem Bett. Und um ehrlich zu sein: Es war wunderbar, denn wir waren immer noch ein perfekt eingespieltes Team.

Irgendwann löste er sich von mir, begab sich ins Badezimmer und kam nicht mehr zurück. Schließlich wurde ich misstrauisch, zog mir das Nachthemd wieder über und entdeckte den splitternackten Matthew vor Caros Bett. Simon schien im Traum zu brabbeln, das meiste konnte ich nicht verstehen. »Mama soll es lieber nicht wissen«, meinte ich aber herauszuhören.

»Hat de Mädel immer so heiß?«, fragte Matt. Ich legte meine Hand auf Caros glühende Stirn. »Mein Gott, sie hat Fieber«, stellte ich fest. »Sie kann morgen auf keinen Fall zur Schule!«

Natürlich hätte ich Caroline schon beim Abendessen etwas genauer unter die Lupe nehmen sollen, sie hatte keinen Appetit gehabt und wollte nur Wasser trinken, das war ungewöhnlich. Gerade waren einige aus ihrer Klasse an Scharlach erkrankt.

»*Scarlet fever?*«, fragte Matt besorgt, aber ich konnte ihn beruhigen. Seit es Antibiotika gab, war diese Kinderkrankheit nicht mehr gefährlich. Kurz entschlossen scheuchte ich Matthew aus dem Kinderzimmer, bewaffnete mich im Bad mit Frotteehandtüchern und tränkte die rotkarierten Leinentücher meiner Großmutter mit kühlem Wasser, um Wadenwickel zu machen. Tausend Gedanken schossen mir gleichzeitig durch den Kopf. Zum Glück wurden meine Kinder selten krank; nur einmal war Caro als Vierjährige eine Woche lang fiebrig gewesen, damals kam meine Mutter angereist und half. Sollte ich diesmal den Kapitän um Hilfe bitten? Am nächsten Morgen musste ich sowohl einkaufen als auch mit dem kranken Mäuschen zum Arzt und anschließend sicherlich zur Apotheke fahren.

Dass Matt seine alte Jodie betrogen hatte, war ein kleiner Triumph für mich. Doch jetzt galt es erst einmal, sich um das Kind zu kümmern, wobei ich lieber allein sein wollte – ohne einen nackig herumstehenden Exfreund. Nach dem überraschenden Intermezzo im Bett war ich nicht mehr so aggressiv, sondern in fast friedlicher Stimmung. Schließlich war ich keine Gottesanbeterin, die das Männchen nach der Paarung einfach auffrisst.

»Zieh dich bitte wieder an«, sagte ich und gab ihm einen Klaps aufs Hinterteil. »Bist du eigentlich mit dem Auto gekommen? Eventuell könntest du morgen für mich in die Apotheke fahren.«

Sehr gern, sagte Matthew, er habe einen Leihwagen gemietet, da er ein paarmal seine alten Kumpel in Frankfurt besucht habe. Den Wagen müsse er aber morgen am Airport wieder abgeben; er sah auf die Uhr, Mitternacht war vorbei – es war also bereits Dienstag, und es blieben nicht mehr allzu viele Stunden bis zu seiner Abreise.

Ohne weitere Diskussionen und auffallend flott zog Matt sich an, um ins Hotel zu fahren. Er wollte sich noch ein paar Stunden aufs Ohr legen, seine Sachen packen und vor der Fahrt zum Flughafen bei uns vorbeikommen. Nach seinem hastigen Abschied war ich zwar immer noch völlig durcheinander, aber ich funktionierte wenigstens als Mutter, trug meine Tochter ins Schlafzimmer, legte sie neben mich und begann damit, ihre dünnen Beinchen mit nassen Tüchern zu umwickeln. Bei dieser Prozedur wurde sie natürlich wach und wimmerte leise vor sich hin. Auch Simon stand auf einmal in der Tür.

»Was hat die Caro?«, fragte er. Und dann folgte noch ein merkwürdiger Satz: »Ich will nicht nach Amerika!«

»Leg dich wieder hin«, sagte ich. »Du hast geträumt. Deine Schwester hat vielleicht Scharlach, morgen muss ich mit ihr zum Kinderarzt. Es ist schon sehr spät, wir sollten alle noch ein bisschen heia machen.«

Der Junge war wohl recht müde und schlurfte wieder hinaus. Leider konnte ich nicht einschlafen, in meinem Kopf ging alles durcheinander. Nach einiger Zeit machte ich wieder Licht, um die inzwischen heiß gewordenen Wickel zu erneuern. Dabei stießen meine nackten Füße auf einen unbekannten Gegenstand neben dem Bettvorleger. Ich legte den Brustbeutel, den Matt wohl beim hastigen Anziehen vergessen hatte, auf den Nachttisch. Immer noch der chaotische Draufgänger, dachte ich und lächelte fast ein wenig wehmütig. Dann verarztete ich meine Tochter und kuschelte mich neben sie.

Um vier Uhr morgens, nachdem ich bereits mehrmals die Wickel erneuert hatte, schien Caro nicht mehr zu glühen. Ob sie wirklich Scharlach hatte? Ich hatte bisher weder Fieber gemessen noch in ihren Rachen geschaut, die Prozedur hatte Zeit bis morgen. Vielleicht war es nur ein grippaler Infekt, und ich musste sie überhaupt nicht zum Arzt bringen. In diesem Fall genügte ein Fieberzäpfchen, aber leider hatte ich keine mehr im Haus. Völlig übernächtigt stand ich um sechs Uhr endgültig auf, ging unter die Dusche und machte mir einen Espresso. Dabei überlegte ich, in welcher Reihenfolge ich alles organisieren sollte: um sieben Simon wecken, Caro aber ausschlafen lassen und später entscheiden, ob ein Arztbesuch nötig war. Spülmaschinen ausräumen. Eventuell in der Praxis einen Termin verlangen. Mit Simon frühstücken, den Kapitän anrufen und um Hilfe bitten, einkaufen fahren, Essen vorbereiten. Wann würde Matt hier auftauchen, um Medikamente zu besorgen und sich anschließend endgültig zu verabschieden?

Aus alter Gewohnheit und um mich abzulenken, wollte ich beim Kaffeetrinken einen Blick in die Zeitung werfen, aber so früh lag sie noch nicht vor meiner Haustür. Als Ersatz schnappte ich mir Matts Brustbeutel, in dem er eine voluminöse, aber abgewetzte Brieftasche aufbewahrte. Beim Aufklappen lagen zwei dicke Geldbündel – Euro und Dollar – vor mir, doch ich zählte nicht nach, sondern stopfte sie sofort in die nächstbeste Schublade. Wahrscheinlich reichte es sowieso nicht aus, um den jahrelangen Fehlbetrag auszugleichen.

In kleinen Extrafächern steckten mehrere Kreditkarten, die ich ebenfalls herausklaubte, aber wohl nicht benutzen konnte. Außer dem Portemonnaie fand ich noch einen geheimnisvollen braunen Umschlag. Ebenso neugierig wie skrupellos öffnete ich das Couvert mit einem Küchenmesser und entdeckte vier Pässe, drei blaue amerikanische und einen deutschen. Einer war auf den Namen Denzel M. Smith ausgestellt, ein anderer auf Matt D. Miller, der dritte auf Joseph M. Brown. Braun, Schmitt und Müller, dachte ich empört, da fehlte ja nur noch der Meier! Als ich ihn in Frankfurt kennenlernte, hieß er noch Matthew Gonzales; manchmal rief jemand unter meiner Nummer an und verlangte nach Speedy. Natürlich wusste ich, dass es sich dabei um die schnellste Maus von Mexiko handelte. Oder waren damit doch Amphetamine gemeint?

Als ich den dunkelroten Pass aufschlug, stockte mir fast der Atem. Ich sah ein aktuelles Foto meines Sohnes, und Simon trug sowohl den falschen Nachnamen *Brown* als auch das neue blaugestreifte T-Shirt, das er letzte Woche angehabt hatte. Auf der nächsten Seite entdeckte ich den amtlichen Stempel des hiesigen Ordnungsamts. Das konnte nur eine meisterhafte Fälschung sein!

In mir schrillten tausend Alarmglocken.

13

Captain's Dinner

Eigentlich war mir sofort klar, was der gefälschte Kinderpass bedeutete: Entführung. Trotzdem überlegte ich, ob es nicht eine harmlosere Erklärung dafür gab.

Matt hatte wohl damit gerechnet, Simon in die Staaten mitnehmen zu können. Für die USA genügte unser hiesiger Kinderausweis wahrscheinlich nicht, und mein cleverer Ex-freund hatte beizeiten und in aller Heimlichkeit einen fast echten Pass besorgt. Seine Fahrten nach Frankfurt hatten womöglich nur zum Ziel, sich mit den Mitarbeitern einer Fälscherwerkstatt zu treffen. Aber konnte er wirklich damit rechnen, dass ich ihm mein Kind einfach aushändigen würde? Selbst bei geringer Menschenkenntnis müsste man doch wissen, dass keine Mutter ihren kleinen Lord in ein unbekanntes Land schicken würde, selbst wenn er dort einmal eine große Farm erben könnte. Außerdem litt Simon weder unter Verwahrlosung, Hunger, Durst noch mangelnder Liebe, so dass mir kein deutsches Jugendamt das Sorgerecht entziehen könnte. Vielleicht hatte sich Matt aber auch eingebildet, mich durch ein Schäferstündchen so nachgiebig zu stimmen, dass ich den Verstand verlor und zu allem ja und amen sagte. Nein, du alter Fuchs, sagte ich mir, so einfach klappt das nicht! Wir hatten zwar Sex heute Nacht, aber das reicht nicht aus, um mich blind, taub und doof werden zu lassen.

Ganz abgesehen davon würde Matthew sicherlich bald merken, dass er seinen Brustbeutel vergessen hatte, und ihn zurückverlangen. Folglich musste ich ein paar Tricks anwenden, um ihn zu überlisten. Am besten würde ich erst einmal so tun, als ob ich gar nichts gefunden hätte, denn ich ahnte bereits, dass er in diesem Punkt keinen Spaß verstand.

Plötzlich betrachtete ich es doch als Vorteil, dass es so früh am Tag war. Matthew würde bestimmt noch eine Zeitlang schlafen, falls nicht, würde er es kaum wagen, mich vor acht Uhr anzurufen. Doch da klingelte auch schon das Telefon. Ich ließ es einfach läuten – nicht gleich reagieren, Zeit schinden, gut überlegen, das war bestimmt die beste Strategie. Nach fünfminütigem Läuten gab er endlich auf.

Natürlich wusste ich, dass Matt gelegentlich ausrasten konnte. Ich durfte ihn nicht allzu sehr provozieren. Abgesehen davon war er durchtrieben wie ein streunender Hund. Vor allem musste Simons neuer Pass verschwinden. Ich stopfte ihn unter meine Matratze zu den Kinderausweisen; Caro wurde zum Glück dabei nicht wach. Dann galt es, die drei amerikanischen Pässe wieder in einem ähnlichen Umschlag zu verschließen, weil ich den alten aufgerissen hatte. Fieberhaft suchte ich nach einem passenden Couvert und fand keines. Schließlich erinnerte ich mich, dass meine Großeltern einen Schreibwarenladen besessen hatten und im Keller noch ein paar Kartons mit Restbeständen lagerten. Ich hatte Glück: Es gab einen ähnlichen Umschlag, der zwar muffig roch, den ich aber trotzdem verwendete und zuklebte. Dabei dankte ich meiner Großmutter mit einem Stoßgebet, dass sie jede Schachtel sorgfältig beschriftet hatte.

Leider musste ich mich wohl doch von einem Teil seines

Geldes wieder trennen. Mit einiger Überwindung zog ich das dicke Bündel aus der Schublade und legte die größere Hälfte in Matts Brieftasche zurück, ebenso sämtliche Kreditkarten. So präpariert konnte ich ihm den Brustbeutel getrost zurückgeben. Zwischendurch schaute ich dauernd auf die Uhr.

Schließlich war es sieben, bald musste ich Simon wecken.

Als das Telefon läutete, nahm ich ungern, aber gut vorbereitet ab. »Nelly, ick hab vergessen de neck pouch …«

»Was soll das denn sein?«

»Ick weiß nickt auf Deutsch. *My wallet.* Also Briefsack or so …«

»Wo soll dein Sack denn sein?«

»Vielleicht in Bad or Bett …«

»Ich habe nichts gefunden. Soll ich mal nachschauen?«

»Bitte!«

Nach ein paar Minuten sagte ich: »Neben meinem Bett lag ein Brustbeutel, meinst du etwa den?«

Genau den meine er, demnächst komme er vorbei und werde mir dann auch die Pillen besorgen. Matts Stimme klang sichtlich erleichtert. Immerhin erkundigte er sich noch nach Caros Wohlbefinden.

»Sie schläft noch«, sagte ich. »Manchmal schlafen sich Kinder gesund …«

»*I hope so*«, sagte Matt, es klang überzeugend. Und dann nach einer kurzen Pause: »*I love you!*«

Ich legte auf. Dieser Taugenichts wird mich nicht schon wieder reinlegen, dachte ich und lächelte trotzdem. Dann flitzte ich ins Kinderzimmer und küsste Simon.

»Aufstehen, mein Schatz! Cornflakes oder Müsli?«

»Mama, ich kann heute nicht in die Schule«, sagte er.

»Warum?«

»Die Caro hat mich wahrscheinlich angesteckt.«

Ich fühlte seine Stirn, sie glühte zwar nicht wie bei seiner Schwester, doch vorsichtshalber ließ ich ihn die Temperatur messen. Mit Hilfe des unzuverlässigen Ohrenthermometers konnte Simon tatsächlich 38° nachweisen. Also rief ich den Kapitän an und bat ihn, etwas früher als sonst zu kommen.

»Beide Kinder sind krank. Ich will sie ungern allein lassen, während ich einkaufen gehe.«

»Sehr wohl, wie Majestät befiehlt! Aber es dauert eine Weile, ich bin noch im Schlafanzug.«

Ich erinnerte mich an die Worte des Kapitäns, er mache alles, um fit zu bleiben – außer früh aufzustehen, zu fasten und Sport zu treiben. In diesem Augenblick klingelte es bereits, es konnte nur Matthew sein. Frisch geduscht und umgezogen sowie nach Rasierwasser duftend stand er vor mir.

»*Here I am!*«, begrüßte er mich fröhlich. »Wo is de Brustsack?«

Ich übergab ihm den inhaltsreichen Beutel. Er sah kurz hinein und hängte ihn sich um den Hals.

»Okay. What pills soll ick holen?«

»Paracetamol-Kinderzäpfchen, ich schreibe es dir auf. Sonst hatte ich sie immer vorrätig…«

»Okay, ick fahre zu drugstore und de boy in de school!«

»Simon ist auch krank geworden, er liegt noch im Bett.«

Damit hatte er nicht gerechnet, das sah ich sofort. Aber auch ich war nicht darauf vorbereitet, dass er mich beiseitestieß und die Treppe hinaufstürmte. Natürlich blieb ich ihm direkt auf den Fersen. Sekunden später saß er schon an Simons Bett; der Junge sah ihn mit glänzenden Augen an, ängstlich und zugleich erwartungsvoll.

»Du weißt, was ick versprechen«, sagte Matt. »Du kriegst de große farm tractor!«, und dabei hielt er ihm bereits die Hose zum Einsteigen hin.

»Heute geht es nicht, ich bin krank«, sagte Simon.

Matthew zog ihm die Decke weg. »Komm schon, wir holen de Medizin for de Caroline!«

Mir war längst alles klar. Matt wollte mit Simon bestimmt nicht zur Apotheke oder Schule, sondern mit größtmöglichem Tempo zum Frankfurter Flughafen brettern. In diesem Fall müsste ich sofort die Polizei alarmieren und Matt wegen Kindesentziehung bereits auf der Autobahn festnehmen lassen. Besser war natürlich, dass es gar nicht erst zu solchen Turbulenzen kam.

»Geh dir erst mal die Zähne putzen«, befahl ich Simon, in der Hoffnung, dass er meinen suggestiven Unterton verstand. Mein kluger Sohn huschte aus dem Bett, sauste ins Bad und schloss ab, was er bisher noch nie getan hatte. Und zu Matt sagte ich wie eine resolute Lehrerin: »Der Junge hat Fieber, der muss heute auf jeden Fall zu Hause bleiben. Also ab in die Apotheke, wenn du es gut mit deinen Kindern meinst!«

Er erhob sich unentschlossen. Um ihn die Treppe hinunterzulocken, bot ich ihm noch einen Kaffee an. Er folgte mir langsam und schien weiter nachzudenken. Während ich die Espressomaschine bediente, setzte er sich hin, nahm die Brieftasche aus dem Brustbeutel und blätterte blitzschnell die Scheine durch. Seine Erregung war nicht zu übersehen.

»Give me de money zuruck!«, forderte er aufgebracht.

Nun wurde ich zornig. »Ich denke gar nicht daran! Das hast du dir zwar alles fein ausgemalt, aber du hast kein Recht auf das Geld und schon gar nicht auf meine Kinder! Hau endlich ab, troll dich zu deiner Jodie nach Dakota! Sonst rufe ich die Polizei.«

Bei diesem Wort wurde ich allerdings unsicher, schließlich war ich die Diebin. Sollte ich ihm seine Dollars und Euros doch lieber vor die Füße schmeißen und ihn dadurch loswerden? Ich stand neben der Stelle, wo ich die Beute gebunkert hatte, und zog die Schublade heimlich einen kleinen Spalt weit auf. Mit der rechten Hand ertastete ich das Päckchen, aber ich zögerte mit dem Herausrücken. Mit meinen harschen Worten hatte ich den Stier gereizt.

»Ick will de money und de Simon«, sagte er, »sonst hol ick de police, du hast no licence for de restaurant!«

»Nur zu!«, sagte ich. »Du kannst gern die Polizei rufen, die wird sich über deine vielen Pässe noch wundern!«

Matthew wollte etwas entgegnen, riss den Mund auf und schloss ihn wieder. Offenbar kapierte er, dass ich den Umschlag mit den Pässen geöffnet hatte. Wir starrten uns grimmig an und überlegten wohl beide, welche Taktik angebracht war. Dann sagte er etwas so Gemeines, dass ich leider die Beherrschung und die Besinnung verlor.

»Okay, ick geh! Bye, bye! Have fun mit de neue Baby, den ick in de night gemackt hab!«

Das war zu viel! Dieser verantwortungslose Kerl! Fuchsteufelswild und blitzschnell griff ich hinter mich, um ihm das nächstbeste Objekt an den Kopf zu werfen. Ich erwischte leider nicht den Obstkorb, sondern den Messerblock und schleuderte wie eine geübte Artistin ein scharf geschliffenes Japanmesser in seine Richtung, wo es zu meinem Entsetzen knapp neben seinem Brustbeutel stecken blieb. Sekundenlang reagierte Matt ebenso entgeistert wie ich, dann griff er sich ans Herz, sackte zusammen und röchelte. Ich stand wie versteinert in meiner Ecke.

Vom oberen Stockwerk rief es: »Mama! Mama, komm schnell! Mama, wo bist du …«

Ich wusste zwar nicht mehr, wo mir der Kopf stand, doch mein einziger Gedanke war, dass Caro gleich auf der Bildfläche erscheinen und ihren Daddy blutend auf dem grünen Boden finden würde. Das durfte ich auf keinen Fall zulassen, also stürmte ich hinauf und fragte, was denn sei.

»Der Simon hat sich eingeschlossen, und ich muss ganz dringend …«, jammerte meine Tochter. Also scheuchte ich erst einmal meinen Sohn aus der Toilette.

»Es war unser Geheimnis, aber ich hatte Angst«, schluchzte Simon. »Ich habe Daddy versprochen, es dir nicht zu sagen, denn er wollte mich mit nach Amerika nehmen, mir seine Traktoren zeigen und mich am nächsten Tag mit einem Hubschrauber wieder nach Hause fliegen. Aber ich will eigentlich nicht, Mama! Ich wollte ihn bloß nicht beleidigen!«

»Du hast alles richtig gemacht, mein Schatz«, sagte ich. »Geh wieder ins Bett. – Caro, komm, du kannst jetzt Pipi machen.«

»Ist er weg?«

»Ja, natürlich. Aber ich muss gleich einkaufen gehen, dann kommt der Opa und bleibt bei euch.«

Die Kinder krochen beide in mein Bett, sie wirkten etwas

verstört. Ich musste leider wieder hinunter, um nach Matt zu schauen und wohl einen Arzt zu rufen.

Dann ging alles Schlag auf Schlag. Gerade als ich mich neben Matthew kniete, öffnete sich die Haustür, und der Kapitän kam herein, schon längst besaß er einen eigenen Schlüssel. Mit einem Blick erfasste er das Szenario eines Horrorfilms: Blut, Messer, eine wachsbleiche Frau, ein Toter.

Auch ich hatte inzwischen erkannt, dass Matt nicht mehr lebte. Geschockt, verwirrt und ratlos hatte ich nur noch den Wunsch, zu fliehen oder wie aus einem Alptraum endlich aufzuwachen.

»Was ist passiert?«, fragte der Kapitän. Und ohne meine Antwort abzuwarten: »Die Kinder dürfen ihn auf keinen Fall so sehen!«

Ich nickte gottergeben.

Auf den Wink des Kapitäns packten wir kurz entschlossen je ein Bein des toten Amerikaners und schleiften ihn in die Gästetoilette, die der Kapitän abschloss. Dann wischte ich sorgfältig die Blutspur auf, bekam erst anschließend einen Heulkrampf, zitterte am ganzen Leib und konnte kein Wort mehr hervorbringen. Der Kapitän gab mir ein Glas Wasser und sagte: »Du hast einen klassischen Nervenzusammenbruch, meine Liebe. Wahrscheinlich überlässt du mir jetzt die unangenehme Aufgabe, das teure Messer rauszuziehen. Gehe ich recht in der Annahme, dass es sich nicht um Harakiri handelt? Was ist passiert?«

»Ich bin ausgerastet!«, stammelte ich.

»Und warum?«

»Er hat mich provoziert …«

»Womit?«

»Er wollte Simon entführen und hat etwas Unverschämtes …«, ich stockte, denn es ging niemanden etwas an, dass ich mit Matthew geschlafen hatte.

»Hat er die Kinder oder dich bedroht? Hatte der Kerl eine Waffe?«

»Nein. Er hat mich zur Weißglut gebracht, aber ich wollte ihn bestimmt nicht umbringen.«

»Kindchen, Kindchen.«

»Meinst du, ich muss ins Gefängnis?«

»Keine Ahnung. Aber es wird wohl einen Prozess geben …«

»Meine armen Kleinen! Können wir die Polizei nicht außen vor lassen?«

»Wie soll das gehen? Willst du deinen Ami im Wald verscharren?«

Nachdem ich zwei Gläser Wasser getrunken und drei Taschentücher verbraucht hatte, konnte ich etwas klarer denken und hatte mich wieder einigermaßen im Griff. Draußen parkte Matthews Leihwagen. Man könnte doch die Leiche einfach im Kofferraum verstauen, überlegte ich, das Auto zum Frankfurter Airport fahren und dort in der Tiefgarage abstellen.

»Man könnte …«, sagte der Kapitän gedehnt. »Ich habe bekanntlich keinen Führerschein mehr. Man müsste nämlich mit zwei Autos hinfahren, um dich anschließend wieder nach Hause zu bringen. Du musst dir jemand anderen suchen. Meinetwegen werde ich hier die Stellung halten und in deiner Abwesenheit die Gäste zum Captain's Dinner bitten.«

Es leuchtete mir ein, dass ein dicker, alter Mann nicht der richtige Spießgeselle war. Ich brauchte einen starken Helden an meiner Seite, dann würde ich bestimmt alle Hürden überwinden. Allmählich begann ich wieder praktisch zu denken.

»Ich werde als Erstes Fieberzäpfchen besorgen und schnell einkaufen, dann sehen wir weiter.«

»Wenn Grundschüler mal Fieber haben, sage ich nur: *Tant de bruit pour une omelette*«, meinte der Kapitän und tätschelte mir beruhigend die Hand. Es war einer der Sätze, die er von einem französischen Koch gelernt hatte, und ich wusste inzwischen, dass es *viel Lärm um nichts* bedeutete. Man sah meinem Freund zwar an, dass er mit dem toten Matt überfordert war, doch für die Kinder tat er alles.

Kaum war er die Treppe hinaufgestiefelt, versuchte ich, Markus über sein Handy zu erreichen. Er befand sich bereits bei einer Kundin, um gemeinsam mit einem Kollegen eine neue Waschmaschine anzuschließen.

»Kannst du ganz schnell vorbeikommen?«, fragte ich kläglich. »Ich befinde mich in einer extremen Notsituation. Mehr kann ich im Augenblick nicht sagen.«

Es blieb eine Weile stumm. »Soll ich einen Kollegen mitbringen?«, fragte er.

Auf mein bestimmtes »Auf keinen Fall!« antwortete er nur: »Geht in Ordnung«, und legte auf.

»Na, wo brennt's?«, fragte Markus. »Beziehungsweise – wo ist die Überschwemmung?« Er stellte seinen Werkzeugkasten ab und sah sich suchend um.

Wortlos öffnete ich die Tür zur Gästetoilette.

Markus machte große Augen.

»Wer hat den denn erlegt? Du musst sofort die Polizei rufen«, sagte er.

»Dann komme ich ins Gefängnis«, schluchzte ich. »Gerade du solltest mich doch verstehen, wo du selbst einen Menschen auf dem Gewissen hast! Du musst mir helfen, ihn wegzuschaffen!«

Er schluckte, wollte protestieren, sah aber ein, dass schnelles Handeln nötig war. Ich liebte schon immer praktische Männer.

»Was bleibt mir schon anderes übrig. Aber in einen kleinen Kofferraum passt er kaum rein«, sagte er. »Da nehmen wir besser meinen Kombi, wo man die Rückbank umklappen kann.« Ohne lange zu fackeln, ging er nach draußen, öffnete die Hecktüren und rangierte den Firmenwagen so nah wie möglich an unseren Eingang heran. Dann trug er einen riesigen, anscheinend leeren Waschmaschinenkarton herein. Mit geübtem Griff entfernte er Styropor- und Schaumstoffblöcke und beförderte den Abfall mit einem Tritt in die hinterste Ecke.

»So müsste es gehen«, sagte er. »Aber du musst mit anpacken.«

Wir zerrten den Toten aus der Toilette, legten ihn auf die Seite, bogen den leblosen Körper in eine kauernde Position und wuchteten ihn in die Kiste.

Als die Luft rein war, schleppten wir den provisorischen Sarg hinaus und hievten ihn in den Lieferwagen. Wenn wir gleich losfuhren, konnten wir in einer knappen Stunde in Frankfurt ankommen und ebenso schnell wieder zurück sein. Schließlich wollte ich ja noch in die Apotheke und zum Gemüseladen. Aber Markus hatte plötzlich Bedenken.

»Es wäre vielleicht besser, ich fahre den Mietwagen, ziehe die Latzhose aus und setze die Baseballkappe auf, dann könnte man mich fast für diesen Amerikaner halten. Mir ist übrigens gleich aufgefallen, dass wir uns ein bisschen ähnlich sehen.«

Das war eine geniale Idee, allerdings musste ich dann den ungewohnten Kombi mit der Leiche fahren, was mir nicht sonderlich behagte. Aber welche Frau rast schon gern mit einem fremden Wagen über die Autobahn, noch dazu mit einer mehr als fragwürdigen Fracht! Wohl oder übel musste ich jetzt die Nerven behalten.

»Eigentlich soll ich erst noch zu den Bethmanns, um ein Ersatzteil für die Spülmaschine auszutauschen. Das hatte ich ihnen für heute Vormittag versprochen«, überlegte Markus. »Sonst rufen die gleich wieder in der Firma an und beschweren sich. Es dauert bestimmt nicht lange, und du könntest die Zeit nutzen, um noch schnell einzukaufen und zur Apotheke zu fahren…«

Mein Gott, dachte ich voller Bewunderung, der hat ja die Ruhe weg – fährt mit einem Leichenwagen auf Kundenbesuch!

14

Im Wald und auf der Heide

Im Nachhinein kann ich es kaum verstehen, warum ich an jenem strapaziösen Dienstag den Mittagstisch nicht ausfallen ließ und mir noch zusätzlichen Stress zumutete. Doch ich kam gar nicht auf die Idee, dass man seine Gäste in einer Notsituation einfach wegschicken könnte. Schließlich waren zwei kranke Kinder schon Grund genug, obwohl Caro am frühen Morgen bereits fieberfrei war und ihren Bruder vielleicht gar nicht angesteckt hatte. Doch ich überließ dem armen Kapitän sowohl meine Patienten als auch die Verantwortung für ein schmackhaftes Essen. Ein bisschen konnte man ja mogeln und ausnahmsweise einige Fertigprodukte verwenden. Nach kurzer Absprache änderten wir den Menüplan, es sollte beim Captain's Dinner zur Überraschung der Kostgänger ein seemännisches Essen geben.

»Wie aus der Bordküche, aber bestimmt kein Labskaus«, meinte der Kapitän. »Hering konnte ich noch nie leiden. Ich denke eher an pikante Fischfrikadellen, Kartoffelsalat und grüne Erbsen, die tiefgefrorenen schmecken sowieso am besten. Und Rote Grütze mit Vanille-Eis zum Nachtisch, so etwas gibt es fix und fertig. *The show must go on!*«

Es gab auch Fischfrikadellen fix und fertig, Kartoffelsalat ebenso, den man mit Cornichons, Curry oder Honigsenf ein wenig verfeinern konnte. Ich sauste los, zwar mit klopfendem Herzen, aber durch die große Anspannung auch voll konzentriert. In einer Dreiviertelstunde war alles erledigt, ich konnte dem Kapitän die Einkäufe übergeben.

»Die Kinder haben Kamillentee getrunken und Zwieback gegessen«, meldete er stolz. – »Übrigens, Nelly«, fügte er beiläufig hinzu, »das Messer ist gründlich ausgekocht. Ich wollte es auf keinen Fall entsorgen. Handgeschmiedeter Damaszener Stahl ist etwas Kostbares.« Er hatte mir den Messerblock mit den vier dünnen und besonders scharfen Japanmessern zum Geburtstag geschenkt, weil er sie selbst gern benutzte.

Auf Markus war Verlass, mit finsterer Miene war er kaum fünf Minuten nach mir zurück. Unser Plan sah so aus: Der tote Amerikaner sollte in der Tiefgarage in seinem Mietwagen aufgefunden werden. Dann würde man annehmen, dass er zum Airport gefahren war, um in seine Heimat zurückzufliegen – bestimmt hatte er auch ein Ticket in der Jackentasche. Mir war inzwischen eingefallen, dass es in der Tiefgarage vielleicht eine Videoüberwachung gab. Doch zum Glück konnte man Markus auf einer unscharfen Aufnahme durchaus für Matthew halten, und das Nummernschild des Mietwagens durfte ruhig auf dem Bildschirm erscheinen. Allem Anschein nach wäre der Amerikaner – noch bevor er aussteigen konnte – von Unbekannten überfallen worden. Den Toten würden wir hinter der nächsten Säule aus dem Karton befreien, umladen und ans Steuer seines geliehenen Autos setzen. Die falschen Pässe würden die Fahnder auf Matts kriminelle Kontakte hinweisen. Soweit war alles paletti.

Bisher war ich erstaunlich kaltblütig geblieben, doch als unser Start näher rückte, begannen meine Knie zu schlottern. »Ich bin noch nie mit einer Automatikschaltung gefahren«, piepste ich und fühlte mich nicht mehr wie eine coole Gangsterbraut, sondern wie ein feiges kleines Mädchen.

»Dann machen wir das anders. Du fährst den Lieferwagen nur die letzten Kilometer«, sagte Markus. »Das schaffst du bestimmt! Ich habe mir Folgendes überlegt: Am besten nehmen wir auf der größeren Strecke nicht die Autobahn, sondern die Bundesstraße. Und zwar bis zur Abzweigung nach Mörfelden. In der Nähe liegt das Revier meines Großvaters, als leidenschaftlicher Jäger kenne ich die nähere Umgebung wie meine Westentasche. Wenn wir dort auf dem Waldparkplatz sind, wechsle ich die Nummernschilder des Lieferwagens aus und klebe eine Folie über das Firmenlogo. Dann kannst du meinetwegen in meinen Overall steigen und deine blonden Haare unter der Kappe verstecken. Wir dürfen nur nicht in eine Polizeikontrolle geraten, müssen also auf jeden Fall weder zu schnell noch zu langsam fahren. Ich bleibe immer vor dir, du folgst mir und lässt keinen anderen Wagen dazwischen. – Alles klar?«

Ich nickte. »Und was wird deine Firma sagen, wenn du fast den ganzen Vormittag nicht gearbeitet hast?«

»Ich rufe gleich mal in der Zentrale an. Wir werden uns nämlich gegenseitig ein Alibi geben: Ich behaupte einfach, ich müsste dringend eine auslaufende Spülmaschine bei euch reparieren. Die Arbeitszeit lasse ich mir von dir bescheinigen, später wird dir unsere Buchhaltung eine Rechnung schreiben, die du dann allerdings bezahlen musst. Aber nun sollten wir nicht mehr lange trödeln, denn zum Mittagessen wollen wir ja wieder zu Hause sein.«

Als ob es ein Abschied fürs Leben sei, umarmte ich meine Kinder, die in Schlafanzügen vor dem Fernseher lümmelten, dann den ratlos wirkenden Kapitän und zu guter Letzt auch Markus. Schließlich begaben wir uns zu Matthews Leihwagen, wo noch der Zündschlüssel steckte. Auf dem hinteren Sitz befanden sich ein Vier-Rad-Trolley und eine Art Pilotenkoffer.

»Das Gepäck können wir später auf dem Waldparkplatz untersuchen«, schlug Markus vor. »Aber wir sollten vorsichtshalber Handschuhe anziehen.«

Ich huschte wieder ins Haus, schnappte mir eine ganze Packung durchsichtige Einmalhandschuhe und zog ein Paar sofort an, ein zweites bekam Markus. Leise seufzend stieg er in den Firmenwagen und rollte langsam vor. Ich folgte mit dem Mietwagen. Trotzdem schwitzte ich Blut und Wasser, während ich hinter meinem cleveren Leitwolf herfuhr. Wie sollte das erst später mit dem viel größeren Lieferwagen werden!

Es hatte angefangen zu regnen, ein herbstlich grauer Morgen, der zu meiner Stimmung passte. Nach etwa einer halben Stunde, in der wir ohne Zwischenfälle vorankamen, blinkte Markus kurz vor einer örtlichen Ausfahrt. Wir bogen ab und fuhren einige Kilometer auf einer Landstraße, die durch verschlafene kleine Dörfer, abgemähte Felder und Buchenwälder leicht bergauf führte. Schließlich sah ich den Hinweis eines Wandervereins für die markierten Rundwege. Ganz wie Markus gesagt hatte, landeten wir auf einem Waldparkplatz, wo auf einer großen Schautafel die empfohlenen Spaziergänge akribisch eingezeichnet waren und außerdem die heimische Flora und Fauna beschrieben wurde. Hier hielten wir an und stiegen aus.

»Na, war es so schlimm?«, fragte Markus.

»Bisher nicht«, sagte ich. »Aber vor dem letzten Stück graut mir. Können wir nicht eine kleine Pause einlegen?«

»Das müssen wir sowieso«, sagte Markus. »Dummerweise steht hier kein einziges Auto, von dem ich die Schilder abmontieren könnte. Bisher hatte hier immer ein Škoda geparkt.«

»Du wolltest doch eigentlich Ersatzschilder mitnehmen?«, fragte ich verunsichert.

»Ich hatte fest damit gerechnet, dass wir hier fündig würden und auf dem Heimweg die Schilder wieder zurücktauschen könnten …«

Besonders fair war die Idee ja nicht, den Verdacht auf einen unbekannten Škoda-Fahrer zu lenken.

»Abwarten und Tee trinken«, meinte ich, erleichtert über diese Atempause. »Inzwischen können wir uns ja mal anschauen, was im Pilotenkoffer drin ist.«

»Zuerst werde ich mir seine Jackentaschen vornehmen«, sagte Markus, öffnete die Heckklappe, kletterte hinein und machte sich an der Kiste zu schaffen. Mit aller Kraft konzentrierte ich mich auf die neblig-verhangene Landschaft. Den Brustbeutel, die Zigaretten und das Feuerzeug durfte der Tote behalten, das Handy und zwei Tickets nahm Markus an sich. Das eine auf Matt, das andere auf Simon ausgestellt, was meinen Zorn neu entfachte.

»Siehst du ein, dass ich im Recht war?«, ereiferte ich mich. »Er wollte mein Kind entführen! Dieses Beweisstück muss ich unbedingt aufheben, falls man mir auf die Schliche kommen sollte.« Sekundenlang überlegte ich, ob man das restliche Geld aus Matthews Brieftasche nicht auch noch beschlagnahmen sollte.

Markus steckte das eine Ticket wieder in Matts Tasche zurück, übergab mir das andere und meinte: »Allmählich werde ich unruhig. Es ist keine gute Idee, dass wir hier untätig herumstehen, bis irgendein Wanderer sein Auto abstellt, das könnte ja eine Ewigkeit dauern! Außerdem würde er sich an den Firmenwagen erinnern, das habe ich vorher nicht bedacht.«

Plötzlich schoss mir ein naheliegender Gedanke durch den Kopf.

»Es wäre doch viel einfacher, wenn wir das Ganze hier in der Einsamkeit erledigen und uns dann einfach aus dem Staub machen. Eigentlich muss die Leiche doch nicht unbedingt in der Tiefgarage des Airports aufgefunden werden, oder?«

Außerdem brauchte ich dann überhaupt nicht mehr zu fahren und konnte es mir auf dem Rückweg an der Seite meines Retters gemütlich machen.

Markus überlegte. »Und was ist, wenn man die Reifenspur des Lieferwagens und unsere Schuhabdrücke hier findet …«

»Laut Wetterbericht nieselt es heute von früh bis spät«, sagte ich. »Die Spuren werden bald nicht mehr zu sehen sein. Bei so einem nasskalten Wetter wird sowieso kaum jemand spazieren gehen; vielleicht findet man ihn erst nach ein paar Tagen.«

»Einverstanden«, sagte Markus. »Wir werden es so machen, wie du vorschlägst, und den Typen gleich hier auf der Lichtung umquartieren.« Dabei summte er vor sich hin: *Im Wald und auf der Heide, da such' ich meine Freude, ich bin ein Jägersmann…* Er traf zwar keinen Ton, übernahm aber dafür die Regie. Zum Glück war er stark genug, auch ohne meine Hilfe den toten Matt herauszuziehen und ihn etwas zerknautscht hinters Steuer des Leihwagens zu quetschen. Die Totenstarre war noch nicht vollständig eingetreten.

Ich schaute angestrengt in alle Richtungen und überdachte gleichzeitig die Möglichkeiten einer DNA-Untersuchung: Für Verwirrung sorgen war sicherlich keine schlechte Taktik. In einem überquellenden Papierkorb fand ich eine leere Cola-Dose und benutzte Tempo-Tücher. Ich überreichte sie Markus, der die falsche Spur zu Füßen des Beifahrersitzes deponierte.

»Sollten wir nicht endlich sein Gepäck durchsuchen?«, fragte er und wischte sich den Schweiß ab, während ich mir eine nasse Brombeerranke von der Jacke pflückte. Ich winkte ab. Eigentlich wollte ich jetzt nur noch die Fliege machen, zu meinen Lieben nach Hause brettern, die Mittagsgäste hereinbitten und so tun, als sei in den letzten vierundzwanzig Stunden nichts Nennenswertes vorgefallen.

»Wenn man aber bei seinen Sachen einen Hinweis auf dich und deine Kinder findet? Fotos zum Beispiel?«

Schon nahm er den Pilotenkoffer von der Rückbank. »Du könntest dich ja bequem ins Trockene setzen und den Inhalt überprüfen.«

Dankbar setzte ich mich mit dem Koffer in den Lieferwagen und nahm Matthews Habseligkeiten unter die Lupe.

Tatsächlich befanden sich in seinem Boardcase, das zum Glück nicht durch ein Zahlenschloss gesichert war, sowohl Fotos einer fremden Frau als auch Fotos von mir und den Kindern sowie ein paar Comics, die er wohl für Simon gekauft hatte, außerdem ein Notizbuch mit Adressen. Ich stopfte alle verräterischen Indizien in meine Handtasche. Schließlich fand ich noch mehrere Packungen mit Medikamenten. Schon wieder Drogen? Der Rest war uninteressant. Inzwischen hatte Markus den Trolley gefilzt, der hauptsächlich Waschsachen, Kleidung und Schuhe enthielt. Beruhigt verstauten wir die Gepäckstücke wieder im Mietwagen und suchten schleunigst das Weite. Unterwegs stoppte Markus auf einer Brücke, wartete ab, bis kein anderes Auto in Sicht war, stieg aus und warf Matts Handy in hohem Bogen ins Wasser. Unsere Einweghandschuhe flogen hinterher.

Eigentlich hatte ich erwartet, dass mir Markus nun Fragen stellen würde, dass er wissen wollte, ob ich den Amerikaner geliebt hatte, ob er wirklich der Vater meiner Kinder war, welche Provokation den tödlichen Unfall verursacht hatte und so weiter. Doch er saß nur mit undurchdringlicher Miene da und schwieg, und auch ich hing trüben Gedanken nach. Hätte ich mich nicht in irgendeiner Form von Matthew verabschieden müssen? Ihm zuflüstern sollen, dass ich ihn nicht mit Absicht getötet hatte, dass wir auch eine schöne gemeinsame Zeit erlebt hatten? Leider war ich zu feige und herzlos gewesen, ihn noch einmal anzuschauen oder ihm über die dunklen Locken zu streichen. Plötzlich ertrug ich die Anspannung nicht länger und begann zu schlottern und zu schluchzen.

Markus' Beschützerinstinkt war sofort geweckt. Seine

rechte Hand, die ganz sanft meinen Nacken kraulte, beruhigte mich ein wenig. »Das war alles zu viel für dich, Kleines«, sagte er. »Weißt du, wenn man wie ich beim Jagen schon oft mit dem Tod in Berührung gekommen ist, dann hält man das leichter aus. Wenn du erst wieder zu Hause bist, wird alles gut. Du solltest dich zu deinen Kindern ins Bett legen und eine Schlaftablette nehmen.« Ein verlockender Gedanke.

»Aber ich muss doch kochen …«, schniefte ich.

»Soviel ich weiß, hat das heute der alte Herr übernommen«, sagte Markus noch. Dann bremste mein abgebrühter Helfer plötzlich ab, hielt an, stieg aus und übergab sich.

Als wir schließlich in meiner Küche angekommen waren, herrschte dort eine ausgelassene Stimmung. Die beiden Patienten saßen kreuzfidel auf dem Tisch, baumelten mit den Beinen und sangen, der völlig überdrehte Kapitän dirigierte mit dem Kochlöffel:

Und der Koch in der Kombüse ist 'ne dicke, faule Sau,
mit den Füßen im Gemüse und dem Hintern im Kakao!

»Ja, wenn die Katze nicht zu Hause ist …«, verteidigte der Kapitän meine Mäuse, die alles andere als angeschlagen wirkten. Aber jede Mutter kennt es ja: Noch vor einer Stunde dem Tode nah, sind die Kleinen im Nu wieder putzmunter und nicht im Bett zu halten.

»Dafür möchte ich mich jetzt am liebsten hinlegen«, seufzte ich. Doch es war höchste Eisenbahn, den Tisch zu decken. Die Gäste sollten alles wie gewohnt vorfinden, nur eben ein

anderes Essen, als auf der Tafel stand. Die gekauften Fischfrikadellen hatte der Kapitän bereits auf einem Blech verteilt und in den heißen Backofen gestellt, die Erbsen aufgetaut und in der Mikrowelle erwärmt. Den Kartoffelsalat
hatte er mit Gürkchen verziert in mehreren Schüsseln angerichtet und die Rote Grütze aus den Plastikbechern in Gläser umgefüllt. So hatte er Zeit genug gespart, um mit den
kranken Kindern Unsinn zu treiben. Ich wollte sie schleunigst wieder nach oben scheuchen.

»Gleich kommt der Tassilo, ihr dürft ihn nicht auch noch
anstecken!«

»Lieb Mütterlein, wir sind bereits genesen«, sagte Simon
grinsend.

»Aber zieht euch wenigstens etwas Warmes an«, bat ich,
ohne die Kraft für ein autoritäres Machtwort.

Caro hatte Ohren wie ein Luchs. Sie hatte das leise Mi-
auen sofort gehört, rannte an die Haustür und öffnete der
Mittagskatze, die wie ein Blitz hereinschoss, sich von meiner Tochter das nasse Fell abtrocknen ließ und mich dabei
unergründlich anschaute; sie weiß alles, dachte ich.

15

Der Samariter

Nach und nach trafen die Gäste ein. Ich hörte, wie leise getuschelt wurde, und bezog es sofort auf mich. Das Kainsmal stand mir wohl auf die Stirn geschrieben.

Aber schließlich erbarmte sich Regine, gesellte sich zu mir an den Herd und flüsterte mir zu: »Tonja hat gestern Nachmittag im Odenwald einen Blitzer gesichtet, der sofort Fersengeld gab! Du wirst es nicht glauben: Es war unser Ulle, und der hatte bis auf die Schuhe nichts an! Offenbar gehörte er zu einer Gruppe von Nacktwanderern, die aber kein Aufsehen erregen und auf keinen Fall fotografiert werden wollen. Na, hättest du das gedacht?«

Ich schüttelte den Kopf.

»Und hier bei uns trägt er karierte Anzüge, blaue Hemden mit weißen Manschetten und eine Hornbrille!«, fuhr sie fort.

Ihr habt Sorgen, dachte ich.

»*Hélas!* Was ist mit dir?«, fragte Regine. »Du bist ja stumm wie ein Fisch und bleich wie die Wand, und das direkt vor dem heißen Ofen! Hast du ein Gespenst gesehen? Der nackige Ulle ist doch Tonja erschienen – und nicht dir!«

Ich wurde sie los, indem ich abrupt die Backofentür öffnete. Als alle Platz genommen hatten, teilte ich das Essen aus und behauptete mit letzter Kraft und schlechtem Gewissen, dass diesmal der Chef gekocht habe. »Captain's Dinner! Das gibt es nur einmal im Jahr und ist etwas Besonderes!«

Inzwischen saß auch Tassilo am Kapitäns- beziehungsweise Katzentisch. Dort fand anscheinend eine konspirative Konferenz statt, wonach die Kinder aufstanden und gemeinsam mit Käpt'n Blaubär sangen: *Eine Seefahrt, die ist lustig.* Die Lehrer stimmten in die Katzenmusik ein, sogar Markus brummte leise mit. Man klatschte beifällig und lobte schließlich das Essen über den grünen Klee. Der Kapitän sollte unbedingt das Rezept für die einmalig leckeren Fischfrikadellen herausrücken. Er lächelte geschmeichelt und versprach es.

»Ohne unsere Sterneköchin hätte ich es aber nicht geschafft«, behauptete er. »Ich ernenne unsere Nelly hiermit zur Schutzheiligen der Seefahrer. Gerade ist sie ein bisschen erschöpft, weil die Kleine heute Nacht krank wurde und Mutter und Kind kaum geschlafen haben. Deswegen habe ich ausnahmsweise mal das Kochen übernommen.«

Als Caro hörte, dass von ihrem Fieber die Rede war, ließ sie das Köpfchen auf den Tisch sinken und mimte den sterbenden Schwan. Ich schielte zu Markus hinüber, der ganz am Ende des Tisches saß, seinen Teller beiseitegeschoben hatte und in einen Auftragsblock kritzelte. Wie viele Stunden mir mein Held wohl aufschrieb, bevor er sich auf und davon machte? Aber ich hoffte, dass wir von nun an eine eingeschworene Schicksalsgemeinschaft waren, zusammengeschmiedet auf Gedeih und Verderb.

Das Letzte, was ich noch mit einigermaßen wachen Sinnen mitbekam, war Regines Vorschlag, in Zukunft alle Handys beim Essen auszuschalten, weil das in guten Restaurants eigentlich eine Selbstverständlichkeit sei. Dabei warf sie einen scheelen Blick auf Markus, der während der Mahlzeiten gelegentlich von seiner Firma angerufen wurde.

»Niemand sollte sich einbilden, er sei unentbehrlich und müsse ständig erreichbar sein«, sagte sie.

»Sehr wohl, Frau Lehrerin«, antwortete die Hautärztin ein bisschen schnippisch, denn auch sie wurde ab und an von einer Helferin kontaktiert.

Nach dem allgemeinen Aufbruch begann ich wie immer mit dem Putzen und Aufräumen. Markus hatte mir zum Abschied nur kurz zugewinkt. Der Kapitän saß bereits in der oberen Etage bei den Kindern. Tassilo und Simon sollten ihre Schulaufgaben erledigen, Caro hatte sich auf dem Sofa zusammengerollt und war eingeschlafen.

Unter dem Kindertisch hatte die Katze eine ziemliche Sauerei hinterlassen, wahrscheinlich hatte ihr meine tierliebende Tochter mehr als eine Fischfrikadelle verfüttert. Als ich fast fertig war, entdeckte ich in der Gästetoilette noch einen winzigen Blutstropfen, der das Fass zum Überlaufen brachte. Mir wurde schlecht, und ich gab mein hastig verschlungenes Essen wieder von mir. Der aufmerksame Tassilo hörte verdächtige Töne und alarmierte den Kapitän, der mich zusammengesackt neben dem Klo vorfand.

»So geht das nicht weiter«, sagte er. »Das war alles eine einzige Idiotie, was du da angestellt hast! Du hast dich restlos übernommen! Ich rufe jetzt deine Mutter an, dass sie kommen soll. Und du legst dich mitsamt deiner Tochter ins Bett. Anscheinend hat Caro wieder Fieber. Ich kümmere mich um die Jungs.«

Dankbar gehorchte ich, Schlafen und Vergessen waren das

Einzige, was mir helfen konnte. Mit dem schwitzenden und unruhigen Kind an meiner Seite gelang mir aber weder das eine noch das andere. Ich hatte einen Menschen getötet, und zwar den Vater meiner Kinder, den ich früher einmal geliebt hatte!

Ein tröstlicher Gedanke war immerhin, dass mich zwei gute Menschen tatkräftig unterstützten. Beim Kapitän war zwar eine Spur Egoismus im Spiel, denn er langweilte sich zu Hause, beschäftigte sich gern mit Kindern, liebte sogar die Küchenarbeit und noch mehr das gemeinsame Essen. Bei Markus war es anders. Wenn ich Pech hatte, sah er sich nun in der Rolle des großen Bruders und Beschützers, Freundes und Helfers, Kumpels und Trösters, nicht als Liebhaber. Sicher wäre er auch ein guter Arzt oder Sozialarbeiter geworden. Gleichzeitig hatte ich beobachtet, dass er trotz oder vielleicht gerade wegen seines Helfersyndroms kein starkes Selbstbewusstsein hatte und inmitten der Lehrer ungern den Mund aufmachte. Vielleicht verlagerte er eigene Probleme auf bedürftige Personen, denen er überlegen war und Beistand leisten konnte. Für die Armen und Kranken, Witwen und Waisen wurde er zum rettenden Engel. Für mich ergab sich also eine reelle Chance, ihn mit meiner Hilflosigkeit zu ködern.

Als ich diesen Entschluss gefasst hatte, kroch ich wieder aus dem Bett und verließ meine schlafende Tochter.

Die beiden Jungen sahen einen Tierfilm über madagassische Lemuren, der Kapitän saß gähnend daneben.

»Gudrun – ich meine deine Mutter – wird morgen gegen Mittag hier eintreffen«, sagte er. »Bis dahin müssen wir es noch gemeinsam schaffen, dann wird sie dich entlasten.«

»Weiß sie …?«, fragte ich.

Er schüttelte den Kopf und sah völlig abgekämpft aus.

»Wenn Tassilo abgeholt wird, werde ich seine Mama mal fragen, ob sie Simon nicht mitnehmen kann. Du solltest dann aber sofort heimgehen und dich auch ausruhen«, sagte ich. »Ich lege mich früh ins Bett und bin morgen wieder fit.«

»*Aye, aye, Sir*«, sagte er matt.

Gesagt, getan. Nachdem der Kapitän und Simon, Tassilo sowie dessen Mutter gleichzeitig das Haus verlassen hatten, schlüpfte ich in mein bequemstes Nachthemd, stellte fest, dass Caro neununddreißig Grad Fieber hatte, verabreichte ihr ein Zäpfchen und kochte einen Kräutertee für uns beide. Anschließend legten wir uns wieder gemeinsam ins Nest, obwohl es erst acht Uhr war.

Als es kurz darauf unerwartet klingelte, war mir das gar nicht recht. Ich öffnete das Fenster und rief ärgerlich: »Wer ist da?«

Auf der Straße sah ich nur einen aufgespannten schwarzen Schirm, denn es hatte seit heute Morgen nicht aufgehört zu regnen.

»Sicher ist es Daddy«, nuschelte es hinter mir.

Doch es war Markus, was mir leider überhaupt nicht passte.

»Ich bin schon im Bett«, sagte ich kläglich.

»Du kannst dich sofort wieder hinlegen, Kleines«, sagte er. »Wirf mir nur den Schlüssel runter, ich komm schnell mal hoch und schaue, was ich für dich tun kann.«

Mir blieb keine Zeit zum Zähneputzen, schon wenige Minuten später stand er im Schlafzimmer. Ich hatte mich bis zur Nasenspitze zugedeckt, denn mein Flanellhemd mit dem verwaschenen Kleeblattmuster hatte so gar nichts Erotisches. Markus beugte sich über mich und strich mit einer fürsorglichen Geste über meinen strubbeligen Kopf, die eingemummelte Caro hatte er gar nicht wahrgenommen.

»Du hast Haare in der Nase«, piepste meine Tochter.

Markus zuckte ein wenig zusammen, lächelte aber freundlich und tätschelte nun auch die heißen Bäckchen meiner Tochter.

»Wie kann ich dir helfen? Tee kochen? Bett beziehen? Aufräumen?«

»Ein Tee wäre wunderbar«, hauchte ich.

»Aber Mama, wir haben doch gerade Tee getrunken«, sagte Caro.

»Habt ihr auch etwas gegessen?«, fragte Markus.

»Die Mama hat heute gekotzt«, sagte Caro. »Ich hätte gern ein Magnum!«

»Die kleine Prinzessin soll ihr Eis kriegen und die Frau Königin einen Tee mit Zwieback«, sagte Markus und ging in die Küche.

»Mama, wo ist unser Daddy?«, fragte Caro und setzte sich auf.

»Er wollte wieder zurück nach Amerika, er hat dort eine Frau und einen Bauernhof«, sagte ich.

»Er hat uns noch nicht einmal tschüs gesagt. Du hättest ein bisschen netter zu ihm sein können«, meinte das Kind. »Vielleicht wäre er dann bei uns geblieben. «

Von wegen netter! Ich hatte ihn mit einem scharfen Messer zur Strecke gebracht. Schlimmer ging es nicht. Ich drückte Caro fest an mich, um uns beide zu trösten. Kurz darauf erschien Markus mit einem Tablett. Ohne lange zu fragen, hatte er in der Küche den Kamillentee, ein kleines Eis und ein paar trockene Kekse gefunden. Nun hatte ich ihn an der Angel, die Rolle des Samariters war ihm wie auf den Leib geschrieben.

»Ihr habt heute sehr schön gesungen!«, sagte er zu Caroline.

»Du aber nicht«, meinte sie uncharmant und fetzte die Folie von ihrem Eis.

»Stimmt«, sagte Markus. »Hin und wieder singe ich grottenfalsch. – Aber nun will ich euch in Ruhe lassen, oder kann ich noch etwas für unsere Prinzessin tun?«

Caro lutschte betont langsam an ihrem Schokoladeneis, das anfing, auf mein Kopfkissen zu tropfen, und befahl: »Du kannst mir noch was vorlesen! *Familie Babar* liegt im Kinderzimmer auf dem Fensterbrett.«

»Die gnädige Prinzessin ist sehr anspruchsvoll«, sagte ich. »Das Zäpfchen hat bereits gewirkt, es geht ihr anscheinend besser, und sie wird frech. Aber wir müssen morgen trotzdem zum Kinderarzt, ich habe mir schon einen Termin geben lassen. Gegen Mittag will meine Mutter hier eintreffen und sich ein bisschen um ihre Enkelkinder kümmern.«

»Dann braucht ihr mich gar nicht mehr?« Es klang fast enttäuscht. Markus holte brav das Bilderbuch vom Elefantenkönig Babar und fragte schließlich verwundert, wo denn Simon abgeblieben sei.

»Der darf bei Tassilo schlafen!«, sagte Caro neidisch. »Und er geht morgen auch mit Tassilo in die Schule, aber ohne mich!«

Sein Ranzen liege noch im Kinderzimmer, erfuhr ich und

seufzte, denn dann musste ich morgen vor Schulbeginn Simons Schulsachen zu Tassilo bringen. Aber ich hielt jetzt lieber den Mund und hörte zu, wie mein Held etwas ungelenk vorlas. Auf der letzten Seite fielen Caro die Augen zu. Markus beendete den Satz, meinte leise: »Ich geh dann mal«, und wollte sich verziehen. Nun konnte ich doch nicht mehr an mich halten, zog ihn sanft zu mir herunter, hauchte ihm einen Kuss auf die Wange und flüsterte: »Wenn ich dich nicht hätte, wäre ich verloren…«

Markus schlich zufrieden davon. Ich schluckte drei Baldriantabletten und schlief schließlich ein, meine kleine Tochter klebte an mir wie ein feuchter Lappen. Caros gleichmäßiger Atem wirkte beruhigend, aber meine Träume waren trotzdem blutig.

Am nächsten Morgen stand ich wie immer früh auf, ließ Caro kurz allein, weil ich meinem vergesslichen, aber kerngesunden Sohn den Ranzen bringen musste, widmete mich dann der erstaunlich munteren Tochter und trank ausnahmsweise genau wie sie einen Becher Kakao.

»Mama«, sagte Caro, »guck mal, was ich in deinem Bett gefunden habe!«

Ihr Händchen umklammerte einen kleinen Herrenkamm aus Schildpatt, den ich nur allzu gut kannte. Mir fuhr der Schock blitzartig in die Glieder, denn Matthew hatte ihn stets in der Hosentasche stecken. Als wir noch zusammenlebten, war dieser Kamm mehrmals aus Versehen in die Waschmaschine geraten. Ich wusste mir keinen anderen Rat, als das Corpus Delicti auf der Stelle zu konfiszieren und zu behaupten, ich hätte mir erst neulich das Kämmchen gekauft und es schon gesucht. Zum Glück hatte Caro das dunkle Haar in den Zinken nicht entdeckt.

Als der Kapitän früher als sonst eintraf, wollte ich sofort zum Einkaufen losfahren, unsere bewährte Routine sollte eisern eingehalten werden. Aber es lag mir schwer auf der Seele, ob mein alter Freund auch wirklich dichthielt.

»Ich hoffe sehr, du wirst keiner Menschenseele – auch Tonja nicht – vom gestrigen Vorfall berichten«, sagte ich, als Caro im Badezimmer verschwunden war.

Der Kapitän versprach es. »Bis jetzt wissen nur drei davon – du, ich und Markus«, sagte er. »Auf mich kannst du dich verlassen, und Markus wird selbst gehängt, wenn er auspackt. Aber versuche jetzt mal, nicht dauernd daran zu denken! Deine Kinder brauchen eine stabile Mutter.«

»Das weiß ich, sie sind beide sehr sensibel. Simon war gestern krank vor Angst. Bis jetzt hat er mir noch gar nicht alles erzählt, was er mit seinem Vater verabredet hatte. Aber anscheinend ist er Matthew voll auf den Leim gegangen und hat geglaubt, man könne mal eben einen Tag in den Staaten verbringen und am nächsten Morgen wieder in Deutschland zur Schule gehen.«

»Das müsste ein Junge in seinem Alter eigentlich wissen! Ich habe noch einen alten Globus zu Hause, den werde ich mal mitbringen und den Kindern Geographieunterricht geben!«

»Meinst du, ich sollte das Poster über Simons Bett entfernen?«, fragte ich. »Bis jetzt habe ich mich nicht getraut, weil die Kinder es ganz toll finden. Aber so werden sie täglich an ihren Daddy erinnert, es wäre sicher besser, wenn sie ihn nach und nach vergessen, so wie es früher ja auch der Fall war.«

Es war Zeit, zur Tagesordnung überzugehen. Der Kapitän überreichte mir die Einkaufsliste, die ich beinahe auf dem Küchentisch hätte liegenlassen. Es sollte Ofentomaten, Kartoffelpüree und Schweinelende im Blätterteig geben, was auch den Kindern gut schmeckte. Eigentlich musste ich nur das Fleisch und die Tomaten besorgen, alles andere war noch da. Der Kapitän sollte inzwischen die Kartoffeln schälen und gleichzeitig Caro immer mal wieder zum Trinken auffordern.

Wann genau meine Mutter eintreffen würde, war schwer zu sagen. Es war nicht nur vom Verkehr, sondern auch vom Zeitpunkt ihres Starts abhängig. Abgesehen davon war ich mir nicht im Klaren, ob mir ihr Besuch überhaupt recht war. Der Kapitän hatte es schlau eingefädelt, seine angebetete Gudrun von heute auf morgen hierherzuzitieren. Die beiden waren dann sicher wieder ein Herz und eine Seele und außerdem superfleißig, so dass ich keinen rechten Grund mehr hätte, meinen Samariter um Hilfe zu bitten.

16

Nur du, Gudrun

Im Ferienhaus war mir die Allmacht meiner Mutter gar nicht so aufgefallen, aber hier war schließlich mein Reich! Sie kam gar nicht auf die Idee, dass ich gefragt werden wollte, bevor sie wie ein Berserker in meinem Haus wütete. Zum Glück traf sie erst kurz nach dem Mittagsessen ein, so dass sie meine armen Gäste nicht gleich aushorchen konnte, aber dafür stürzte sie sich auf die Kinder. Nun ja, sie war schließlich die Großmutter, aber ich fand es völlig daneben, dass sie sofort das Poster entdeckte: Matthew auf dem roten Ungetüm.

Ich hatte noch keine gute Idee gehabt, wie ich dieses Bild unauffällig entfernen – besser noch vernichten – konnte, ohne dass Simon es mir krummnehmen würde.

Meine Mutter wollte wissen, woher das Poster stammte, wie lange der Vater ihrer Enkelkinder zu Besuch gewesen sei, wo er sich jetzt aufhalte und so weiter. Sie war Matt früher häufig begegnet, hatte aber ihre Abneigung nie verhehlen können. Das war nicht der richtige Mann für ihre einzige Tochter – ein hergelaufener Ami ohne anständigen Beruf, ohne ausreichendes Einkommen, vielleicht ein lustiger Vogel, aber im Grunde indiskutabel.

»Hast du jetzt endlich seine Adresse?«, begann sie die Inquisition. »Ich habe im Bridge-Club einen ausgezeichneten

Rechtsanwalt kennengelernt, der diesen Hallodri verklagen könnte. Es ist doch eine wahre Schande, dass er nichts für seine Kinder zahlt!«

»Der Hallodri ist ein Habenichts und hat sich in die Büsche geschlagen, bevor ich ihn in die Zange nehmen konnte. Den kriege ich nicht mehr zu fassen, da mache ich mir keine Illusionen. Aber ich schaffe es auch ohne ihn.«

»Du darfst nicht immer nur an dich denken, schließlich haben die Kinder ein Recht auf ihren Vater!«

Genau so hatte Matthew argumentiert, ich mochte es nicht schon wieder hören.

»Es wäre mir eigentlich lieb, wenn du dich aus meinen persönlichen Angelegenheiten raushältst«, sagte ich verstimmt. »Ich fände es am besten, wenn die Kinder nicht dauernd an ihren Erzeuger erinnert würden. Als Erstes muss das Poster weg! Ich weiß nur noch nicht, wie ich das anstellen soll …«

»Aber Nelly, ich bitte dich, das ist doch kein Problem«, meinte Mutter. »Ich fahre morgen nach Mannheim und kaufe ein Plakat, das interessanter ist als so ein blöder Traktor oder Mähdrescher oder was weiß ich für ein Monsterfahrzeug. Vielleicht gefällt Simon eine lustige Szene aus dem Dschungelbuch?«

»Wenn schon, dann *Star Wars*«, sagte ich. »Und nicht nur eines, sondern so viele, dass kein Platz mehr an der Wand leer bleibt. Das findet Simon sicherlich wahnsinnig cool.«

»Igitt«, sagte Mutter. »Das ist ja grausam! Schon in der Bibel heißt es *Schwerter zu Pflugscharen* und nicht Landmaschinen zu Laserwaffen! Aber meinetwegen. Schließlich bin ich hier, um zu helfen.«

Anscheinend hatte der Kapitän ihr gesteckt, dass ich vor lauter Überforderung kollabiert war, beinahe einen Nervenzusammenbruch gehabt hatte und so weiter. Eigentlich ist es immer die beste Methode, sich bei Mühlrädern im Kopf durch Arbeit abzulenken, aber gerade das wollte man verhindern. In den folgenden Tagen putzte meine Mutter die Fenster, räumte in der Küche alles um, bezog die Betten, ließ die Waschmaschine unentwegt laufen, las den Kindern abends vor und kochte gemeinsam mit dem Kapitän. Es war sicherlich gut gemeint, aber ich fühlte mich entmündigt.

Die List mit den Postern hatte immerhin geklappt, auch Caro bekam zum Ausgleich ein paar scheußliche Bilder mit rosa Einhörnern, tanzenden Feen und glitzernden Schimmeln in Pink und Lila. Beide Kinder waren hochzufrieden mit der neuen Dekoration. Für mich blieb bloß das Einkaufen und Abschmecken, dauernd schickte man mich zum Spazierengehen an die frische Luft oder zu einer Siesta ins Bett. Meinen heimlichen Helden sah ich nur beim Essen und nie allein.

Was mich außerdem ein bisschen eifersüchtig machte, war die heitere Atmosphäre, in der meine Mutter und der Kapitän stundenlang in meiner Küche herumfuhrwerkten. An der Tafel las ich verblüfft: NUR DU GUDRUN. Anscheinend hatte es mein alter Freund in Großbuchstaben hingeschrieben, und meine Mutter erklärte mir begeistert, dass man diesen Satz auch rückwärts lesen könne. Na toll, dachte ich, die benehmen sich ja wie die Teenager! Kurz entschlossen nahm ich einen Lappen und wischte die Liebeserklärung weg.

Selbst meine Gäste waren von meiner Mutter begeistert, ihre neugierigen Fragen hielt man fälschlicherweise für wohlwollendes Interesse. Natürlich liebten auch die Kinder ihre Oma, die für ständigen Nachschub an Knete und Seifenblasen sorgte oder pfundweise Gummibärchen, Eis und Schokolade austeilte. Caro, die längst wieder gesund war, luchste ihr auch noch ein rosa Elfenkleid mit Flügeln für eine anstehende Geburtstagsparty ab. Sogar Tassilo durfte Oma zu ihr sagen und wäre wohl am liebsten ganz bei uns eingezogen.

Eines Abends, als der Kapitän längst heimgegangen war und wir zu viert *Mensch ärgere dich nicht* spielten, klingelte das Telefon. Wahrscheinlich wollte jemand für den nächsten Tag absagen, dachte ich und nahm missmutig den Hörer ab. Es war Markus. Ob er schnell vorbeikommen könne, um mich unter vier Augen zu sprechen? Ich bekam Herzklopfen.

»Im Augenblick glotzen mich sechs Augen an«, sagte ich.

»Ach so, deine Mutter!«, sagte er. »Hast du sie eingeweiht?«

»Um Gottes willen, nein! Das wäre das Letzte, was mir in den Sinn käme«, antwortete ich und entfernte mich ein wenig von der aufmerksam lauschenden Familie.

»Vielleicht könntest du ausnahmsweise bei mir vorbeikommen? Es ist wichtig.«

Ich versprach es, würfelte unkonzentriert weiter, ließ Caro gewinnen und wartete, bis meine Mutter die Kinder ins Bett brachte. Leider müsse ich noch mal weg, es könne eventuell etwas später werden, behauptete ich. Dann versuchte ich, mich unauffällig und in aller Eile in eine möglichst hübsche und wohlriechende Frau zu verwandeln. Ich war noch nie bei Markus zu Hause gewesen, hoffentlich gab es nicht in allen Ecken Gretelfotos mit einer Andachtskerze davor.

Es kam noch schlimmer. Gleich im Flur stieß ich auf eine Art Hausaltar: Gretel im silbernen Rahmen, Gretels violette Lackschuhe als Kunstobjekt, Gretels Teddybär, Gretels Perlenkette, alles auf einer Kommode ausgestellt. Ob die Verstorbene das Stillleben eigenhändig arrangiert hatte? Ich schluckte. Die Garderobe bestand aus Hirschgeweihen und Rehbockgehörnen auf schwarzen Holztafeln, über einige hatte Markus seine Baseballkappen gestülpt. Dann setzten wir uns ins Wohnzimmer, ausgestattet mit schwedischen Kiefernmöbeln, Vasen voller Plastikblumen und einem orange eingefärbten Flokati. Meine Mutter pflegte zu sagen, über Geschmack lasse sich zwar streiten, doch ihrer sei der beste. Wahrscheinlich war Gretel ebenso von ihrem eigenen Stilgefühl überzeugt, während ich bei Markus festgestellt hatte, dass er bei technischen Geräten zwar eine funktionale, aber stets auch formschöne Wahl traf. Hier spürte ich sofort, dass er zu Hause nichts zu sagen gehabt hatte und Gretel eine schick gekleidete Spießerin gewesen war. Warum nur hatte sich dieses Prachtexemplar von Mann mit einer so provinziellen Gans eingelassen!

Aber ich kam nicht dazu, mir noch weitere Gedanken über dieses unerquickliche Thema zu machen. Mit ernstem Gesicht überreichte mir Markus eine Zeitung, und zwar das *Darmstädter Echo*, das ich nicht abonniert hatte. Schon auf den ersten Blick sah ich die fatale Überschrift: *Mysteriöser Leichenfund auf dem Waldparkplatz*.

Ich wurde blass. Natürlich hatten wir damit rechnen müssen, dass der Tote irgendwann gefunden wurde und Ermittlungen anliefen, aber ich hatte versucht, die leidige Angelegenheit für eine Weile zu verdrängen. Nun musste ich wohl oder übel lesen, was der Öffentlichkeit über den Fall mitgeteilt wurde. Schnell überflog ich die Angaben über die genaue Lage des abgelegenen Waldparkplatzes. Den polizeilichen Ermittlungen war zu entnehmen, dass man den Toten offenbar erst nach drei Tagen entdeckt hatte. Durch das schlechte Wetter seien leider wichtige Spuren verwischt worden. Ich las weiter:

Die Kriminalpolizei bittet die Bevölkerung um Mithilfe
Nachdem einem Forstarbeiter die offen stehende Tür eines verlassenen Fords aufgefallen war und er die zuständige Dienststelle benachrichtigt hatte, stöberte ein Polizeihund eine männliche Leiche im Unterholz auf, wobei von einem Tötungsdelikt auszugehen ist. Der unbekannte Tote hatte keine Papiere bei sich, weder Geld noch anderen persönlichen Besitz, es fand sich jedoch ein leerer Pilotenkoffer im Gebüsch. Wie die Kriminalpolizei mitteilt, liegt vermutlich ein Raubmord einer osteuropäischen Bande vor oder ein Racheakt im Drogenmilieu. Bei dem PKW handelt es sich um einen Leihwagen, der offenbar unter falschem Namen angemietet wurde. Die Kopie eines Reisepasses, die der Autovermietungsfirma vorlag, stammte von einem in Afghanistan gefallenen GI. Eine Angestellte erinnerte sich, dass der Kunde einen amerikanischen Akzent hatte, jedoch fließend, wenn auch fehlerhaft deutsch sprach. Über die genaue Todesursache kann erst nach dem abschließenden Untersuchungsbefund der Gerichtsmediziner und der Auswertung der DNA berichtet werden.
Die Polizei appelliert an alle Bürger, die Ermittlungen

*zu unterstützen und Hinweise und Beobachtungen, die
zur Ergreifung der Täter führen, der zuständigen Behörde
zu melden.*

Zeugen, die den Wagen in der letzten Woche gesehen hatten, sollten sich ebenso zur Verfügung stellen wie alle, die etwas über die Identität des Toten aussagen konnten. Matthews geschätztes Alter und seine Körpergröße wurden angegeben, seine Kleidung beschrieben, aber zum Glück war kein Foto abgebildet.

Ich ließ das Blatt sinken und fixierte Markus mit weit aufgerissenen Augen.

»Ich hatte ihn doch höchstpersönlich auf den Fahrersitz gewuchtet!«, empörte er sich. »Trotz des Sauwetters haben ihn die Leichenfledderer ins Unterholz gezerrt! Das ist eine Unverschämtheit! Aber immerhin haben sie dadurch unsere Spuren verwischt. Wenn sich allerdings das hiesige Hotelpersonal an das Mietauto erinnert? Auch deine Mittagsgäste haben sich das Kennzeichen womöglich gemerkt.«

Ich überlegte kurz. »Nein, er ist zu Fuß gekommen, nur an jenem grauenhaften Morgen und am Abend davor mit dem Auto. In dieser Zeit war niemand hier, nur den Nachbarn könnte der fremde Ford aufgefallen sein.«

Ich versank in dumpfe Grübelei. Durch die Auswertung der DNA konnte man mich schwerlich überführen, schließlich hatte ich beim Fahren des Mietautos und bei der Durchsicht des Pilotenkoffers Handschuhe getragen. Aber zuvor? Wir hatten immerhin miteinander geschlafen. Schlagartig erinnerte ich mich jedoch, dass Matt am Morgen seiner geplanten Abfahrt frisch geduscht hereinspaziert kam. War damit jede Spur von mir ausgelöscht? Schon morgen konnten zwei Herren von der Kripo vor der Tür stehen, in meine Küche eindringen und nicht bloß fragen, warum ich in meinem Dreipersonenhaushalt den Tisch für zwanzig Leute gedeckt hätte. Außerdem ärgerte es mich sehr, dass ich die vielen Dollars in Matthews Brustbeutel nicht behalten hatte. Nun würden sich die skrupellosen Diebe ein schönes Leben damit machen. Demnächst konnte ich jeden Cent gut brauchen, wenn ich wegen fahrlässiger Tötung im Knast landete.

Bei dieser Horrorvorstellung wurde mir flau im Magen, ich brauchte Trost und fing an zu schluchzen. Es dauerte keine zwei Sekunden, da rückte Markus näher heran und legte seinen Arm um mich. Ich schmiegte mich an seine Brust, ließ meinen Tränen freien Lauf und genoss es sehr, behutsam den Rücken gestreichelt zu bekommen.

»Alles wird gut, Kleines«, sagte Markus.

»Ich hab' dich leider ganz nass gemacht«, wimmerte ich, knöpfte sein kariertes Hemd auf und begann, mit meinem Tempotaschentuch an ihm herumzutupfen.

Er ließ es anfangs überrascht geschehen, wurde aber zusehends unruhig. Als ich emporschielte, sah ich, dass er wie gebannt geradeaus schaute. Unauffällig hob ich meinen Kopf ein wenig an und konnte ein weiteres Foto an der gegenüberliegenden Wand erkennen. Wie ein professionelles Model posierte Gretel auf einem altmodischen Schaukelstuhl, trug ein hochgeschlossenes Spitzenkleid, hatte die langen Beine übereinandergeschlagen und fast bis zum Unterleib freigelegt. Mit vorwurfsvoller Miene sah sie uns beiden zu.

»Wir müssen uns ganz genau überlegen, was wir aussagen, wenn die Kripo bei dir anklopft«, sagte Markus, den ich irgendwie überrumpelt hatte. Offensichtlich bemühte er sich krampfhaft, seine Rolle als treuer Komplize wiederaufzunehmen.

So wird das nichts mit uns beiden, dachte ich, er darf auf keinen Fall dem bösen Blick der Hexe ausgesetzt bleiben. Ganz spontan ließ ich das nasse Taschentuch auf den Flokati fallen, tat so, als wollte ich es angeln und ließ mich mit einem kläglichen Jammerlaut auf den hässlichen Wuschelteppich gleiten. Ich hoffte sehr, dass jetzt das geplante Programm wunschgemäß ablaufen würde.

»Um Gottes willen, hast du dir weh getan?«, fragte Markus besorgt und rutschte neben mich auf den Boden. Halb zog ich ihn, halb sank er hin, und schließlich konnte er sich nicht mehr drücken.

Als ich zwei Stunden später nach Hause kam, saß meine Mutter noch vor dem Fernseher und hatte offenbar auf mich gewartet. Zum Glück verkniff sie es sich, *Wo warst du?* zu fragen, aber ihr Blick sprach Bände. Ohne große Worte verzog ich mich ins Bett. Doch von Einschlafen konnte nicht die Rede sein, ich ließ die gerade erlebte Szene immer wieder wie einen Film abspulen und war weder glücklich noch einigermaßen zufrieden. Zwar hatten wir Sex gehabt, aber nicht aus Leidenschaft wie kürzlich mit Matthew, sondern durch mein forsches Vorgehen mehr oder weniger erzwungen. Es war leider klar, dass Markus von allein gar nicht auf die Idee gekommen wäre, und ich schämte mich.

17

Der Überläufer

Am nächsten Morgen wurde ich durch das Zuschlagen der Haustür geweckt. Als ich auf die Uhr schaute, war es bereits halb zehn, und ich hatte zum ersten Mal, seit meine Kinder zur Schule gingen, den Wecker überhört. Hatte ich ihn vielleicht versehentlich abgestellt, oder war es eine selbstherrliche Tat meiner Mutter, die ihre eigene Unentbehrlichkeit unter Beweis stellen wollte?

Ich stürzte Hals über Kopf aus dem Bett und rief nach den Kindern, aber das Haus war leer. Auf dem Küchentisch lag ein Zettel:

Bin mit Jochen einkaufen gefahren, Simon und Caroline sind pünktlich abmarschiert. LOVE, *Mutter*

Mein alter Kapitän war also übergelaufen – ein jugendlicher Jochen zu einer mädchenhaften Gudrun. So munter die beiden Alten turtelten, so dämlich kam ich mir angesichts meines nächtlichen Abenteuers vor. Es war ein großer Fehler gewesen, nicht mehr das kleine, hilflose Mädchen zu mimen und sich übergangslos in eine erwachsene Frau mit sexuellen Ansprüchen zu verwandeln. Hier zu Hause war es genau umgekehrt: Als Chefköchin war ich weitgehend entmachtet worden, denn nun blieb mir nichts anderes übrig, als die Arbeit des Kapitäns zu übernehmen und die zum Glück schon vorhandenen Saubohnen aus den Schoten zu lösen und aufzukochen. Das Kassler sollte heute frisch gekauft werden, ich hoffte, dass es auf dem Einkaufszettel notiert war, ebenso wie die Rosmarinzweige, die ich für die Ofenkartoffeln brauchte.

Als die beiden Senioren schließlich eintrafen, packten sie hastig Körbe und Tragetaschen aus, verzogen sich sofort in eine entfernte Ecke und vertieften sich in mehrere Kataloge, die sie mitgebracht hatten. Mit einem Blick erkannte ich, dass es sich um Reiseprospekte handelte. Als ich mich mit einem Vorwand näherte, wurde mir die Sache klar: Die beiden planten eine Kreuzfahrt, wahrscheinlich eine Luxusreise, die sich der arme Jochen bestimmt nicht leisten konnte. Meine Mutter hatte anscheinend vor, ihn auszuhalten. Angemessener wäre es eigentlich, die eigene Tochter und die Enkelkinder einzuladen. Schon lange war es ein Wunschtraum des Kapitäns gewesen, sich irgendwann einmal als Gast bedienen zu lassen – und zwar genau dort, wo er den Buckel für hochnäsige Gäste krumm gemacht hatte. Er hatte mir kürzlich vorgeführt, wie man in devoter Haltung und der linken Hand auf dem Rücken den Wein einschenken musste. Ich gönnte es ihm von ganzem Herzen, einmal im Leben die Rollen zu tauschen.

Regine und Tonja kamen als Erste und viel zu früh, weil zwei Unterrichtsstunden wegen eines Sportfests ausfielen. Tonja meinte es wohl gut, als sie mich leise fragte: »Wo ist er denn nun abgeblieben, dein Ami?«

Regine stand daneben und sperrte ebenfalls die Ohren auf.

Immerhin konnte ich Tonjas Worten entnehmen, dass der

Kapitän dichtgehalten und seiner Tochter nichts über Matthews Schicksal erzählt hatte.

»Er ist abgehauen, weil ich mich strikt geweigert habe, meinen Sohn zu fremden Leuten in die Staaten zu schicken«, sagte ich wehleidig.

»*Oh, shit*«, seufzte Tonja.

Ich hatte absolut keine Lust, das Thema weiter zu vertiefen. »Wahrscheinlich ist es am besten, wenn wir Gras über die Angelegenheit wachsen lassen, vor allem der Kinder wegen.«

»Es wäre ohnedies ein Jammer gewesen, wenn die Kleinen bei *Uncle Sam* aufwüchsen und unsere Tafelrunde langsam, aber sicher vergreisen würde«, meinte Regine.

»Wenn ihr schon so früh hier seid«, unterbrach ich sie, »könntet ihr euch auch gleich mal nützlich machen und den Tisch decken. Dein weitgereister Herr Papa hat nämlich anderes im Kopf!«

Tonja lächelte, während sie das ältliche Paar beobachtete, das sich eifrig über einen dicken Katalog beugte. Auch Regine wirkte gerührt.

Es roch gut in meiner Küche, es dampfte, blubberte und zischte. Gerade als ich die heißen Bleche mit den Rosmarinkartoffeln aus dem Ofen nahm, klingelte mein Handy. Meine Mutter sah, dass ich beschäftigt war, und nahm ab.

»Geht in Ordnung, ich werde es ausrichten, Nelly hat gerade alle Hände voll zu tun«, sagte sie. Und noch ein paarmal: »Ja, ja, natürlich. Gute Besserung!«

Also hatte jemand abgesagt – ich hätte jedoch nicht erwartet, dass es ausgerechnet Markus war. Kürzlich hatte er mir erzählt, dass er fast nie krank werde oder gar zum Arzt müsse. Was war los? Hatte ihn der unerwartete und vielleicht auch ungewollte Sex so geschwächt und mitgenommen, dass er sich ins Bett flüchten musste? Hatte ich ihn gestern wie eine Amazone überfallen und durch meine stürmische Attacke all seiner Kraft beraubt? Oder war die Hexe wieder im Spiel, die selbst postum keine Konkurrenz duldete? Es gab aber auch die Möglichkeit, dass er ähnliche Zweifel hatte wie ich und nicht recht wusste, wie es nun weitergehen sollte. Sollten wir einfach so tun, als sei nichts zwischen uns gewesen? Natürlich wurden wir hier ständig beobachtet, nicht nur der Kapitän konnte zwei und zwei zusammenzählen. Und was schätzt man mehr als Klatsch und Tratsch in so einem kleinen Kreis!

Es wäre ja allzu einfach gewesen, wenn wir sozusagen über Nacht zum Liebespaar geworden wären und es alle Welt auch wissen dürfte. Jetzt war mein armer Markus leidend, und ich überlegte, ob ich ihm am Nachmittag einen Besuch machen, Grießbrei kochen und Fieber messen sollte. Aber er konnte es entweder für aufdringlich halten oder mich zum treusorgenden Muttertier abstempeln.

Caretakers live longer, hatte der Kapitän grinsend behauptet, als ich ihm neulich für seine unermüdliche Unterstützung dankte. Er erklärte mir, dass die Kümmerer, zu denen Markus und er gehörten, durch ihre zur Schau gestellte Nächstenliebe auch persönlich profitierten. Nicht bloß, dass man angeblich länger lebe, man mache sich auch überall beliebt und könne den zugrundeliegenden Egoismus bestens tarnen. Vielleicht hatte ich bisher etwas falsch gemacht, als ich hauptsächlich für die eigene Brut sorgte. Immerhin waren Tassilo und die Mittagskatze ein sichtbares Zeichen meiner Großzügigkeit und Herzensgüte.

Die Kinder stürmten herein und brachten einen kühlen Windhauch und rote Weinblätter mit. Tonja begeisterte sich für die leuchtende Farbe, die zierlichen Adern sowie die Haptik der ledrigen Oberfläche und verteilte sie dekorativ auf dem Tisch.

»Dazu würde ein herbstlicher Hasenbraten passen«, meinte sie. »Wäre das nicht ein guter Vorschlag für die nächste Woche? Als Beilage Rosenkohl, meine Mutter machte ihn mit Maronen und Speck, das war besonders lecker!«

»Hirschgulasch mit Pfifferlingen und Klößen, das wäre für mich das reine Schlaraffenland!«, sagte Ulle.

»Oder Wildschweinkeule mit Rotkohl«, schlug Regine vor.

»Noch besser wäre ein Rehrücken mit Spätzle und Preiselbeeren«, mischte sich jetzt auch Jens ein, und alle sahen mich erwartungsvoll an. Auch der Menüplan war offenkundig nicht mehr meine Sache. Ich müsse erst erkunden, was momentan an Wild auf dem Markt sei, sagte ich, mit den Schonzeiten würde ich mich nicht auskennen, aber ich könne mich schlaumachen. Und schon dachte ich wieder an Markus, der mich beraten und eventuell auch beliefern sollte.

Langsam ging auch diese Mahlzeit zu Ende, die Gäste hatten sich verabschiedet, der Kapitän, meine Mutter und die Kinder verzogen sich in das obere Stockwerk und ließen mich beim Aufräumen und Putzen allein. Schließlich hielt ich es nicht mehr aus und rief an.

»Es tut mir so leid, dass es dich erwischt hat, du Ärmster! Was kann ich für dich tun? Wir haben noch einige Scheiben Kassler und dicke Bohnen übrig.«

»Lieb von dir, Nelly. Aber ich mag gerade überhaupt nichts essen. Eigentlich war ich schon gestern etwas angeschlagen, du warst sicher ein bisschen enttäuscht von mir …«

»Wie kommst du nur auf diese Idee? Ich habe jetzt gerade Zeit und könnte mal schnell vorbeikommen und dir einen Tee kochen.«

»Neben mir steht schon eine volle Kanne, aber vielen Dank. Morgen bin ich hoffentlich wieder auf den Beinen. Im Betrieb gibt es gerade viel zu tun, da kann ich nicht wegen einer läppischen Erkältung wegbleiben.«

Schon wollte ich die Floskel *Niemand ist unersetzlich* abspulen, doch ich verkniff es mir lieber. Stattdessen fragte ich: »Soll ich dir etwas aus der Apotheke besorgen? Oder hast du sonst einen geheimen Wunsch?«

Seine Antwort passte überhaupt nicht auf meine Frage.

»Wenn du schon so fragst: Mein größter Wunsch ist ein Hund, schon als Kind besaß ich einen Collie-Mischling, der sehr alt wurde. Wegen Gretels Allergie konnte ich mir leider nie ein Haustier zulegen. Und in meiner jetzigen Situation geht es auch nicht, denn der arme Kerl müsste fast den ganzen Tag allein bleiben. Mein Traum wäre ein Kleiner Münsterländer …«

»Das sind doch Jagdhunde, nicht wahr?«

»Ja, eigentlich Vorstehhunde, die aber als Allrounder eingesetzt werden können. Man muss sie einfach mögen!«

Ich fackelte nicht lange, weil sich die Chance auftat, ihn enger an uns zu binden. »Du könntest ihn doch in deiner Mittagspause zu uns bringen …«

»Eure Katze hat ältere Rechte. Aber man kann sie mit etwas Geduld aneinander gewöhnen, der Hund muss natürlich jung und lernfähig sein. In der Zeitschrift *Wild und Hund* werden gerade Welpen angeboten.« Markus wurde bei dieser Aussicht zusehends munterer, während ich mich schon ärgerte, dass ich mein Angebot allzu schnell und unüberlegt vorgebracht hatte.

Ich wechselte das Thema. »Übrigens haben meine Gäste sich ein Wildgericht gewünscht. Sicher weißt du Bescheid, was man in dieser Jahreszeit am besten auf den Tisch bringt.«

»Mit der Schonzeit ist es im Herbst vorbei, Kaninchen dürfen sogar das ganze Jahr bejagt werden, aber die schmecken nicht besonders. Das Schwarzwild ist ebenfalls zur Plage geworden, ich könnte dir nächste Woche eventuell einen Überläufer – also einen jungen Keiler – besorgen, die können bis zu siebzig Kilo wiegen. Deine Messer sind zwar erstklassig, aber man braucht auch eine Zange, eine Säge, ein Hackebeil und viel Kraft zum Zerlegen, das könntest du ohne Hilfe gar nicht schaffen. Deswegen würde ich den Schwarzkittel aufbrechen, häuten und zerteilen, er sollte vorher etwa drei Tage abhängen. – Ach, wenn ich nur schon einen Hund hätte, mit dem ich auf die Jagd gehen könnte! Ich kann mir nichts Schöneres vorstellen, als in jeder freien Minute durch die Natur zu pirschen, nur wir zwei – mein Heido und ich!«

Offenbar hatte der ersehnte Hund sogar schon einen Namen. Ich verabschiedete mich, wünschte gute Besserung, putzte den schmierigen Backofen und malte mir missmutig aus, wie der Mann meiner Träume lieber mit einem Köter als mit mir spazieren ging. Demnächst hätte ich also nicht nur die hergelaufene Katze unter dem Tisch, sondern auch ein Hundebaby würde sein Bächlein hinterlassen. Regine würde es *Notdurft verrichten* nennen. Da würde das Wischen und Putzen nie ein Ende nehmen! Und was sollte ich mit siebzig Kilo Wildschweinfleisch anfangen? Ich kannte ein exotisches Rezept mit Ananas. Allerdings stellte ich seit einiger Zeit fest, dass sich meine Mittagsgäste weniger für das würzige Pfefferhuhn mit Mango-Salsa begeistert hatten als vielmehr für Rouladen nach Hausmannsart oder gar Zigeunerschnitzel. Gegen bodenständiges Essen hatte ich nichts, aber es fuchste mich, dass sie damals die Fischfrikadellen nicht als das erkannt hatten, was sie waren: reines Convenience-Food.

Ich musste mich noch weiter ärgern, als ich mit der Knochenarbeit fertig war und endlich nach oben zu meiner Familie konnte. Tassilo hatte wieder einmal – gegen meinen Willen – das Tablet seiner Mutter eingeschmuggelt, und meine Kinder berauschten sich an irgendeinem Spiel mit gruseliger Geräuschkulisse. Ohne sich um den Nachwuchs zu kümmern und ohne mich einzubeziehen, stellten meine Mutter und der Kapitän den Speiseplan für die nächste Woche zusammen. Beide blätterten in frischgekauften Kochbüchern.

»Am Veggieday könnte man als Nachtisch Pumpernickelcreme unter exotischem Pflaumenkompott anbieten«, hörte ich meine Mutter sagen.

Der Kapitän ließ sich auch nicht lumpen. »Vor der Suppe am Mittwoch sollte es eine leichte Vorspeise geben. Etwa Ziegenkäse mit grünem Pfeffer, Mandeln und Honig an karamellisierten Apfelspalten.«

»Wir sind kein Kreuzfahrtschiff«, unterbrach ich scharf.

»Den ganzen Quatsch mit *an, unter, auf* und *neben* will ich nicht mitmachen!«

Die beiden grinsten nur.

»Übrigens …«, begann meine Mutter. »Ich habe mal ein bisschen gerechnet. Wir glauben beide, dass du zu billig bist. Wenn man deine Preise mit einem Restaurant vergleicht –«

»Stellt euch vor, auf diese schlaue Idee bin ich auch schon gekommen. Ich will aber auf jeden Fall unter den Preisen meiner Konkurrenten bleiben, schließlich gibt es keine Speisekarte und somit keine Auswahl.«

»Gibt man dir eigentlich ein Trinkgeld?«

»Es handelt sich doch nicht um Kunden, sondern um geladene Gäste!«

»Du willst aber doch von deinen Gästen leben! Jochen wird dir bestätigen, dass ein Kellner ohne die üblichen *tips* kaum über die Runden käme. Und du kommst auch auf keinen grünen Zweig, wenn du so weiterwurstelst.«

Wahrscheinlich wollte meine besorgte Mutter verhindern, dass sie mich wegen meiner schusseligen Kalkulation bis in alle Ewigkeit unterstützen musste. Auch der Kapitän schaltete sich ein: »Gudrun hat durchaus recht mit ihrem Einwand. Wir sind zu billig! In Restaurants verdient man hauptsächlich an den Getränken, und bei uns wird ja leider kein Alkohol ausgeschenkt. Vielleicht solltest du noch mal darüber nachdenken!«

Nachtigall, ick hör' dir trapsen, dachte ich, sagte aber nichts.

Als wäre das alles nicht schon genug, fiel meiner Mutter noch etwas ein: »Außerdem wäschst du deine Hände immer in der Spüle, man müsste unbedingt ein separates Handwaschbecken einbauen lassen.«

»Sonst noch was?«

»Nur noch eine Kleinigkeit. Du solltest dir nicht die Hände an der Schürze abwischen, die sah heute reichlich unappetitlich aus!«

Ich erhob mich ohne ein Wort, ging zu den Kindern und riss Tassilo die Daddelmaschine aus den Händen. Zu dritt versuchten sie wieder einmal, mit Laserschwertern die Konflikte im Universum zu lösen.

18

Der Kameruner

Schon am nächsten Tag stellte sich Markus zum Mittagessen wieder ein, aber er hatte es eilig und half mir nicht wie früher beim Aufräumen. Von da an brachte er täglich das *Darmstädter Echo* mit. In der folgenden Woche lasen wir nichts mehr über den Toten auf dem Waldparkplatz. Doch ich träumte fast jede Nacht von meiner Vernehmung oder gar Verhaftung. Und was das Problem mit meinem allzu laschen Liebhaber anbelangte, so war es vielleicht die bessere Taktik, Markus erst einmal ein bisschen in Ruhe zu lassen.

Inzwischen hatten meine Mutter und der Kapitän ihre Reisepläne verraten. Anfang Januar wollten sie nach Sydney fliegen und mit einem Luxusliner zwischen Salomoninseln, Papua-Neuguinea und Manila herumkreuzen. Wenn es hier kalt und ungemütlich sei, genieße man dort die schönsten Sonnentage. Da es ja Weihnachtsferien gebe, käme ich sicherlich ohne Hilfe zurecht, denn man könnte den Mittagstisch – wie im Sommer – eine Weile ausfallen lassen. Natürlich war ich sauer: Erst warf man mir vor, nicht genug zu verdienen, und dann sollte ich zweimal im Jahr ein paar Wochen blaumachen. Obwohl es mich eigentlich nichts anging, beschäftigte es mich doch sehr, ob die beiden Alten eine gemeinsame Kabine gebucht hatten, ob meine Mutter mit dem dicken

Kapitän in die Koje steigen wollte oder ihre Beziehung eher platonisch war. In meinem Beisein war es bisher nie zu Küssen oder zärtlichen Berührungen gekommen; jedenfalls ging der Alte am Nachmittag immer nach Hause, und beide schliefen brav im eigenen Bett. Auffallend war jedoch, dass die schlechte Laune meiner Mutter, unter der ich oft gelitten hatte, wie weggeblasen war. Mitte November eröffnete sie mir, dass sie zwar Weihnachten noch mit ihren Enkeln feiern wollte, aber ihre Abendgarderobe zu Hause packen müsse.

Anfang Dezember hatte Markus sein Versprechen eingelöst. An einem grauen Samstagnachmittag lag zu meinem Entsetzen ein totes Ungeheuer auf unserem großen Esstisch. Zum Glück war Markus kein Mann mit zwei linken Händen. Er hatte den Tisch ordentlich mit Plastikfolie abgedeckt, seinen mächtigen Keiler darauf aufgebahrt und sogar eine Zinkwanne für die Abfälle mitgebracht. Vor meinen staunenden Augen begann er bedächtig mit der Metzelei.

Die Kinder ließen sich nicht davon abhalten, Tassilo zu holen, damit auch er das blutige Handwerk bewundern konnte; meine Mutter hatte sich angewidert distanziert. Mein feiger Kapitän hatte zwar kurz hereingeschaut, sich aber sofort aus dem Staub gemacht. Anscheinend zog er es vor, seine Gudrun bei der Reiseplanung zu beraten.

Ich schaffte es anfangs noch, wie gebannt zuzuschauen und halbherzig zu assistieren, doch je penetranter die blutigen Ausdünstungen in meine Nase stiegen, desto mulmiger wurde mir.

Die Kinder, die sich doch sonst dauernd vor irgendetwas

ekelten, schienen immun gegen das stinkende Fleisch zu sein, so fasziniert waren sie.

»Ihr habt wirklich ganz vorzügliche Messer«, sagte Markus. »Da kann ich mit meinem Hirschfänger nicht mithalten.«

»Ich möchte auch mal auf die Jagd gehen«, meinte Tassilo. »Ich auch!«, sagte Simon, während Caro hauchte: »Ich will lieber auf einen Hochsitz klettern und die süßen Rehlein beobachten.«

»Wenn ich nächste Woche den Jagdhund abgeholt habe«, sagte Markus, trennte eine Keule fachmännisch ab und lächelte Caroline zu, »dann gibt es wichtige Aufgaben für dich! Der Hund ist noch ein Welpe, magst du dich um ihn kümmern? Vormittags werde ich ihn im Lieferwagen mitnehmen. Aber mittags bringe ich ihn zu euch, dann könnt ihr nach dem Essen mit ihm Gassi gehen und spielen…«

Und die Schularbeiten konnten warten? Doch irgendwann muss er seinen Liebling ja abholen, dachte ich. Vielleicht sollte ich aus diesem Grund mit einem zuckersüßen Lächeln in den sauren Apfel beißen.

»Aber die Mittagskatze…?«, fragte Caro. »Meinst du, die vertragen sich?«

»Auf einem Bauernhof leben Hunde, Katzen, Hühner und Schweine einträchtig zusammen, ohne sich gegenseitig aufzufressen. Es ist nur eine Sache der Geduld.«

Inzwischen war auch Tassilos Mutter eingetroffen, um ihren Sohn abzuholen. Sie schlug die Hände über dem Kopf zusammen: »Wie kann man sich nur so eine Sauerei antun!«

Ich quittierte ihre Bemerkung mit einem Achselzucken, verpackte die fertig zerlegten Stücke in Folie, schweißte sie ein, beschriftete sie nach Anweisung und stopfte alles in den Gefrierschrank. Schließlich schrieb ich an die große Tafel: *Wildschweinbraten, Spätzle, Pfifferlinge und mit Preiselbeeren gefüllte Birnen.*

»Mama, du hast den Braten für Donnerstag hingeschrieben, da gibt es doch gar kein Fleisch«, sagte Simon mit mildem Tadel. Ich wischte alles wieder aus. Als ich zu guter Letzt noch das edle japanische Messer abgespült hatte – denn der Kapitän hatte verboten, es mit dem übrigen Besteck in die Spülmaschine zu legen –, musste ich mich übergeben.

Nachdem Markus und der Kapitän sich verabschiedet hatten, das Abendessen weggeräumt war und meine Mutter mit den Kindern vor dem Fernseher saß, beschloss ich, ausnahmsweise ganz früh zu Bett zu gehen. Das schweinische Projekt hatte mich völlig erschöpft. Auf meinem Kopfkissen fand ich zwei Wunschzettel, von Simon geschrieben, von Caro mit bunten Päckchen und einem Tannenbaum bemalt. Ich hatte fast vergessen, dass morgen der erste Advent war, Weihnachten drohte mit zusätzlichem Stress.

Was wollten meine Kinder nicht alles haben! Einen Modellbausatz für fliegende Trojaner, ein Playmobil-Forscherfahrzeug, ein Kaninchen und eine Puppenküche, um nur einiges zu nennen. Auch an eine rosa Hundeleine hatte Caro gedacht. Ihre Wunschzettel hätten sie besser ihrer Großmutter überreicht, mein Etat reichte hinten und vorn nicht aus. Ich zog mir einen uralten Pullover über das Nachthemd, kuschelte mich ins Bett und knöpfte mir meine geräumige Handtasche vor, in der noch ein paar größere Scheine im Reißverschlussfach stecken mussten. Wie viel blieb für

Geschenke übrig? Oder sollte ich endlich das Beutegeld anbrechen? Als Erstes zog ich versehentlich einen Gegenstand heraus, an den ich mich nur ungern erinnerte: Es war Matthews Notizbuch, das ich auf dem Waldparkplatz aus seinem Pilotenkoffer genommen hatte. Am liebsten hätte ich es weggeworfen. Seine kindliche Schrift konnte ich schon immer gut lesen, sein eigener falscher Name *Matthew Gonzales* stand mit unserer früheren Frankfurter Anschrift und Telefonnummer gleich auf der ersten Seite. Es folgte eine größere Anzahl Frankfurter Telefonnummern, mit denen ich nicht viel anfangen konnte, denn die Besitzer wurden bloß mit ihren Initialen oder kryptischen Spitznamen aufgeführt. Nur in einem Fall wusste ich Bescheid, allerdings war dessen Nummer mit einem Bleistift wieder ausgestrichen worden. Es handelte sich um einen Typen mit dem Decknamen *Kameruner,* dem ich nach einer traumatischen Szene viele Alpträume verdankte. Seinetwegen hatte ich mit Matt einen so heftigen Streit, dass er sich kurz darauf in die Staaten absetzte.

Dieser angebliche Kollege war nicht etwa ein Afrikaner, sondern wohnte im Gallusviertel, das in Frankfurt schon lange unter dem Namen *Kamerun* bekannt war. Ich hatte den ungepflegten Kerl bereits mehrmals gesehen, wenn er Matthew abholen kam, und konnte ihn von Anfang an nicht leiden.

An jenem fatalen Tag hatte Matt nichts Besonderes vor, so dass ich die kleine Caro in seiner Obhut ließ, während ich Simon vom Kindergarten abholte. Wir wohnten damals im dritten Stock, und zwar ohne Lift. Als ich zurückkam, hörte ich schon im Treppenhaus erregte Stimmen. Mit dem unwilligen Simon im Schlepptau erreichte ich atemlos unsere Wohnung. Hier bot sich mir ein grauenhaftes Bild: Der Kameruner hielt die wimmernde Caro mit ausgestrecktem Arm zum Fenster hinaus! Ich wollte mich wie eine Löwin auf ihn stürzen, aber Matt packte mich und hielt mich fest. Simon umklammerte meine Beine und heulte los, was das Zeug hielt.

»Wenn du den Zaster net sofort rausrücke dust, lass' ich se falle«, sagte der Gangster.

»*Fuck off!*«, brüllte jetzt der Kindsvater, während ich zur Furie wurde und mich mit Bärenkräften losreißen wollte. Ganz deutlich sah ich Caro wie eine Puppe hinunterstürzen, in tausend Stücke zerschellen und am Ende das Köpfchen verlieren.

»Tu endlich, was er sagt!«, schrie ich Matthew an. »Und lass mich los, damit ich die Polizei rufen kann!«

Caro blieb trotz ihrer großen Angst nicht stumm, sondern pienzte wieder und wieder ein jämmerliches *Daddy, Daddy*, bis der Kameruner sie anschnauzte: »Wie heert sich des denn an! Wann hier gekrische wird, haast des Babba un net Daddy!«

Aber ihr steinerweichendes Schluchzen und meine Hysterie brachten beide zum Einlenken.

»Gib ihr de Kid, du kriegst de Geld!«, befahl Matthew. Anscheinend glaubte ihm der Kameruner, denn er überreichte mir naserümpfend das patschnasse Kind. Matt stieg auf einen Hocker und angelte zu meiner Verblüffung ein Päckchen aus dem opaken Lampenschirm, in dem seit Jahren die Glühbirne fehlte. Der hessische Mafioso fetzte das Zeitungspapier auf und begann mit dem Zählen der Scheine.

»Horsch emol, da fehlt awwer noch e bissi«, protestierte er. »Morsche hol' ich de Rest! Bass gut uff, sonst drügge mer druff! Dann is die klaa Krott oder beide Kinner dra!«

»*The day after tomorrow!*«, verlangte Matt.

Übermorgen hol' ich der Königin ihr Kind, ging es mir durch den Kopf. Rumpelstilzchen und Kameruner verschmolzen zu einer teuflischen Fratze.

Nach diesem Vorfall hatten Matt und ich nur noch Streit, schließlich packte er seinen Kram und verschwand; ich musste allerdings versprechen, die Polizei nicht einzuschalten. Der Kameruner werde nie mehr hier aufkreuzen, schwor er, doch er selbst müsse für eine Weile abtauchen, und zwar in sein Heimatland. Ich weinte ihm keine Träne nach, so wütend war ich. Simon hatte sich eingebildet, sein Papa sei ein großer Held und habe die Schwester gerettet. Aber als sein Daddy ein für alle Mal verschwand, war er ebenso enttäuscht wie traurig.

Nun lag ich im Bett mit dem kleinen Notizbuch in der Hand, und die Erinnerungen stürzten auf mich ein. Ich überlegte, ob ich wieder aufstehen und mich zu meiner Familie gesellen sollte, um auf andere Gedanken zu kommen. Doch plötzlich kam mir ein cleverer Einfall: Dieses Adressbuch war vielleicht für die Polizei ein wichtiger Hinweis auf die verbrecherischen Machenschaften, in die Matthew offenbar verwickelt war, ohne dass ich es in früheren Zeiten wahrhaben wollte. Die Telefonnummern könnten der Kripo nützlich sein und sie womöglich auf die Spur der Passfälscher und Drogenhändler bringen. Vielleicht könnte auch mein Erzfeind, der Kameruner, endlich erwischt und überführt werden.

Doch sicherlich waren meine frischen Fingerabdrücke für einen Profi gut erkennbar, Papier ließ sich nicht einfach abwischen wie eine glatte Fläche. Ich hatte großen Respekt vor den perfekten Methoden der Spurensicherung. Meine zweite Idee war fast genial: Konnte man das Büchlein nicht einfach fotokopieren, und zwar Seite um Seite unter einer darübergelegten Klarsichthülle? Nun hielt es mich nicht mehr im Bett, ich schlich zuerst in die Küche, um mir Einweghandschuhe überzustreifen, dann in mein kleines Büro, in dem für meine Mutter ein Gästebett aufgeschlagen war. Da die anderen noch unten vor dem Fernseher saßen, konnte mich niemand beobachten. Um es gleich zu sagen, das Ergebnis meiner Kopierarbeit überzeugte mich. Zum Glück hatte ich mir nach dem Zähneputzen und Eincremen die Hände gewaschen und die Nägel gebürstet; meine Fingerabdrücke in und auf dem Notizbuch konnten also nicht so fettig oder verschwitzt sein, dass sie noch durch die Folie schimmerten. Die erste Seite, wo Name und Adresse des Besitzers zu lesen waren, kopierte ich nicht – schließlich handelte es sich um meine eigene ehemalige Anschrift. Stattdessen schrieb ich auf ein leeres Blatt: *Dies ist das Notizbuch von Matthew Gonzales, alias Denzel M. Smith, alias Matt D. Miller, alias Joseph M. Brown.* Die Suche nach dem echten Namen blieb den Kriminalbeamten überlassen, die sicher viel Freude an diesem Rätsel haben würden. Am nächsten Morgen wollte ich den Umschlag in den Briefkasten werfen.

Ich beschloss, die fünfhundert Euro, die Matthew freiwillig herausgerückt hatte, für die Herzenswünsche meiner Kinder zu verschwenden. Die dringend benötigten gesteppten Winterjacken standen natürlich nicht auf ihrer Liste; sollte doch meine Mutter dafür sorgen, dass ihre Enkelkinder warm verpackt zur Schule gingen, während sie sich in tropischen Gefilden mit ihrem Jochen amüsierte. Für mich selbst blieben sicherlich auch noch ein paar Euro übrig, so dass ich mir verführerische Dessous und ein teures Parfüm kaufen könnte.

19

Der böse Hund

An unsere Mittagskatze hatte ich mich inzwischen gewöhnt, sie fraß sich voll und verließ uns wieder. Es war sogar anzunehmen, dass sie noch andere Gasthäuser besuchte, denn sie wurde im Laufe der Zeit immer fetter. Doch bei meinem Angebot, einen fremden Rüden aufzunehmen, hatte ich mich vielleicht doch übernommen.

Eines Mittwochs spazierte Markus nämlich früher als sonst herein und brachte zum ersten Mal den angekündigten Hund mit. Besagter Heido war allerdings kein niedliches Baby mehr, sondern knurrte mich so bösartig an, dass ich Angst bekam.

»Gar nicht beachten«, schlug der Kapitän vor, der kurz hochschaute und weiter Petersilie hackte.

Meine Mutter scheuerte einen Kochtopf, rümpfte die Nase und schüttelte missbilligend den Kopf.

Markus erklärte, warum er sich nun doch nicht für einen Welpen entschieden, sondern einen Teenager ausgesucht hatte, der bereits stubenrein war. »Einen Hosenschisser und Bettnässer hätte ich euch nicht zumuten können.«

»Ist es also ein Überläufer?«, fragte ich.

»So heißt es nur bei Wildschweinen. Mein Heido kommt wohl gerade in die Pubertät, da wollen die Rüden gern mal auf den Putz hauen. Manchmal hat er eine große Klappe, aber wir wissen ja: Hunde, die bellen, beißen nicht. Man darf sich bloß nicht tyrannisieren lassen, Halbstarke brauchen eine ganz starke Hand!«

Die anderen Gäste waren noch nicht da, doch ich hatte auch so kurz vor dem Ansturm wenig Zeit, um behutsam mit dem neuen Tischgenossen anzubändeln. Heido saß schnüffelnd neben seinem Herrchen, und ich ahnte, dass eine Fraternisierung wohl nur durch den Inhalt meiner Bratpfanne zustande käme.

In diesem Augenblick trat Regine ein, und das Unglück nahm seinen Lauf. Heido schlug in voller Lautstärke an, fast so, als müsse er einen nächtlichen Einbrecher vertreiben. Meine Freundin lachte den jungen Hund aber einfach aus und baute sich furchtlos vor ihm auf.

»Du kleiner Pimpf, du ungehobelter Flegel, so darf man mit einer gestandenen Lehrerin nicht umgehen«, sagte sie und drohte ihm mit dem Zeigefinger. »Du hast es schließlich mit einer Respektsperson zu tun! Von dir lasse ich mich doch nicht verbellen!« Und sie ließ sich auch keineswegs von seinem bedrohlichen Knurren abschrecken, sondern streckte die Hand aus, um ihn schnuppern zu lassen oder ihn gar zu streicheln.

Blitzschnell hatte der Hund zugeschnappt, Regine schrie auf, Blut tropfte auf den Boden, Markus riss den Hund zurück und herrschte ihn an. Ich sauste zu unseren Vorräten an Aspirin, Brandsalben und Verbandzeug.

»Als Erstes solltest du diese Bestie anbinden!«, brüllte der Kapitän, denn der Hund schien sich zu schämen und war mit eingezogenem Schwanz unterm Tisch verschwunden. Markus gehorchte und befestigte die Leine an einem Stuhlbein. Unterdessen kümmerte sich meine Mutter um Regines verletzte Hand. Das Heftpflaster blutete leider durch, doch zum Glück betrat jetzt ein Gast die Szene, den wir sonst kaum zur Kenntnis nahmen: die Hautärztin. Am Mittwochnachmittag hatte sie ihre Praxis geschlossen und genoss es dann immer sehr, in Ruhe und netter Gesellschaft essen zu können. Sie erkannte die Situation mit einem Blick.

»Sie hätten einen Druckverband anlegen müssen! Wo ist die Desinfektionslösung?«, fragte sie, doch unsere Spraydose war anscheinend leer. Sie schüttelte den Kopf über die dilettantische Wundversorgung, besah sich den Schaden und stellte fest: »Das muss genäht werden!«

Anstatt Nadel und Faden zu verlangen oder Regine in ihre eigene Praxis zu bringen, presste sie ein Tempotaschentuch auf die Blutung und umwickelte die verletzte Hand mit einer strammen Mullbinde. Dabei meinte sie leicht gönnerhaft: »Mit Hundebissen ist nicht zu spaßen. An eurer Stelle würde ich in die Notaufnahme fahren, dort wird man die Wunde desinfizieren, nähen und vorbeugend ein Antibiotikum verabreichen, sonst könnte es zu einer Infektion kommen. Wie steht es mit dem aktuellen Impfstatus?«

Regine, ausnahmsweise einmal um eine Bemerkung verlegen, war wachsbleich und zitterte; irgendwann war sie zwar gegen Tetanus geimpft worden, aber das lag lange zurück.

Markus hatte offenbar ein schlechtes Gewissen und erbot sich kleinlaut, Regine ins Krankenhaus zu fahren.

»Anscheinend hat man dir den letzten Ladenhüter angedreht, diesen Köter solltest du postwendend zurückgeben«, knurrte der Kapitän.

»Das war bloß eine Abwehrreaktion«, sagte Markus zerknirscht und wollte sich mit der armen Patientin auf den Weg machen. Doch kaum öffnete er die Tür, huschte die Katze herein, und nun ging es erst richtig zur Sache. Offenbar war der Hund von seinem Herrchen nicht besonders straff angebunden worden, denn Heido schoss mitsamt Stuhl aus seiner Ecke hervor und warf dabei drei weitere Stühle um. Die Katze sprang sekundenschnell erst auf den gedeckten Tisch, dann in ein Regal mit Porzellan und Gläsern. Das Kläffen, Fauchen, Maunzen, das Lamento meiner Mutter, das Gebrüll des Kapitäns und das Heulen der heimkehrenden Kinder klang nach Weltuntergang, zudem polterte außer mehreren Gläsern auch meine ererbte, liebste Kakaokanne aus Bunzlauer Keramik zu Boden. Ein Inferno, eine Katastrophe!

Bevor allerdings noch mehr zu Bruch ging, nahte Hilfe in Gestalt von Jens, der selbst im Winter mit gebräunter Haut angeben konnte. Zu meiner Erleichterung erwies er sich als beherzter Retter in der Not, der den tollwütigen Hund am Schlafittchen packte.

»Wo kommt der überhaupt her?«, fragte Jens und ließ sich alles erklären. Kurz entschlossen schleifte er Heido in die Toilette und sperrte ihn ein. Danach half er mir beim Zusammenkehren der Scherben.

»Tand! Tand ist das Gebilde von Menschenhand«, rezitierte die Deutschlehrerin. »Wann gibt es endlich etwas zu essen?«

»Hoffentlich kommt Markus bald zurück und schafft die

Töle fort«, sagte der Kapitän. »Dieser Zerberus vertreibt uns noch die gesamte Kundschaft!«

Aus der Toilette hörte man mitleiderregendes Winseln und verzweifeltes Kratzen, und ich konnte Caro nur mühsam davon abhalten, Heido zu befreien und zu trösten.

»Mama!«, quengelte sie. »Im *Struwwelpeter* beißt der Hund den Jungen tief ins Bein, weil der bitterböse Friederich ihn geschlagen und getreten hatte. Vielleicht war auch die Regine böse zu ihm …«

»Regine hat ihm nichts getan«, sagte ich.

Immerhin gelang es Caro, die verängstigte Katze auf den Arm zu nehmen und etwas zu beruhigen.

»Pass bloß auf«, sagte die Frau Doktor. »Katzenbisse sind noch viel gefährlicher!«

Nach und nach kamen jetzt auch die anderen Teilnehmer, der große und der kleine Tisch wurden besiedelt, das Essen aufgetragen, und mein Sohn erzählte allen, die es hören wollten, dass der böse Heido Regine in die Hand gebissen hatte.

»Man sollte diesen Hund nicht gleich in die Wüste schicken«, meinte Jens. »Regine hat sich ungeschickt verhalten, das Tier kannte sie nicht, fühlte sich bedroht und hat aus reinem Selbstschutz zugeschnappt. Angstbeißer kommen bei den besten Stammbäumen vor, man darf so einen Ausrutscher nicht überbewerten. Ich könnte mir denken, dass es im Grunde ein ganz lieber Kerl ist. Nach dem Essen werde ich mal eine Runde mit ihm drehen, um ihn kennenzulernen.«

Die Gäste verließen einer nach dem anderen das Haus, meine Mutter, der Kapitän und die Kinder verzogen sich nach oben, die Katze war tief gekränkt davongelaufen.

Als Markus endlich hereinkam, war seine erste Frage: »Wo ist mein Hund?«

»Jens ist mit ihm unterwegs«, sagte ich. »Wie geht es Regine?«

»So eine oberflächliche Wunde sieht dramatischer aus, als sie tatsächlich ist. Wir mussten leider ein bisschen warten, bis Regine drankam, in der chirurgischen Ambulanz sitzen lauter Leute mit ausgekugelten Schultern oder Arbeitsunfällen. Auf dem Dach der Klinik landete gerade ein Hubschrauber, man konnte ihn zwar hören, aber leider nicht sehen –«

»Wie es Regine geht, habe ich gefragt!«

»Schon besser, der Schreck ließ schnell nach. Sie wurde verarztet – da durfte ich allerdings nicht zuschauen –, dann habe ich sie nach Hause gefahren und ihr einen Tee gekocht. Vielleicht sollte ich ihr später noch etwas zu essen bringen, inzwischen hat sie bestimmt Hunger, ich übrigens auch. Es ist alles halb so schlimm.«

»So leid es mir tut, aber den Hund darfst du in Zukunft nicht mehr mitbringen. Schließlich will niemand beim Mittagessen zerfleischt werden!«

»Ich habe den Heido erst gestern Abend vom Züchter abgeholt, er war bisher noch nie von seinem Rudel getrennt gewesen. Es war wohl ein Fehler, ihn gleich zu euch mitzubringen. Wenn er sich erst mal an mich gewöhnt hat, sehen wir weiter. Glaub mir, Nelly, das wird schon!«

»Du darfst nicht vergessen, dass ich von der Mittagstafel

leben muss. Selbst wenn bloß zwei Leute abspringen, ist es für mich ein Desaster!«

In diesem Moment klopfte es an die Tür, Jens kam zurück.

»Mach nicht so ein unglückliches Gesicht!«, sagte er zu Markus. »Dein Wauwau ist bestimmt kein Ungeheuer. Er ist brav und folgsam mit mir Gassi gegangen, hat sein Geschäft erledigt und braucht jetzt einen Napf mit Wasser und ein Leckerli.«

Die beiden Männer lächelten sich über meinen Kopf hinweg verständnisinnig zu und verabschiedeten sich. Vor lauter Ärger gab ich Markus kein Lunchpaket mit. Dann machte ich mich ans Aufräumen.

Erst als die Kinder im Bett lagen und meine Mutter vor dem laufenden Fernseher eingeschlafen war, rief ich Regine an.

»Keine Panik auf der Titanic«, sagte Regine. »Zum Glück ist die Sehne nicht durchtrennt. Allerdings muss ich die Hand ein paar Tage ruhig halten, wie soll man da an die Tafel schreiben und Auto fahren?«

»Tonja hat sofort ihre Hilfe angeboten. Sie könnte dich abholen …«

»Markus wird mich morgen zur Schule fahren. Ich möchte auf keinen Fall wegen einer solchen Lappalie zu Hause bleiben. Übrigens war er rührend besorgt um mich – er wäre sicherlich ein guter Arzt geworden!«

Hmm, dachte ich, unser Samariter ist mal wieder voll im Einsatz. Doch damals ahnte ich die Folgen noch nicht.

Vorerst gab es andere Probleme. Weihnachten hatte ich bisher mit den Kindern immer sehr entspannt gefeiert, meine Mutter hatte jedoch vor, das Fest mit Glanz und Gloria zu begehen.

»Was, du hast noch nie Plätzchen gebacken? Was bist denn du für eine seltsame Hausfrau?«

Ich war verletzt. Sollte das heißen, dass ich weder eine gute Mutter noch eine tüchtige Köchin war?

Leider konnte ich mich nicht zurückhalten und giftete sie an: »Deine weltberühmten Zimtsterne kannst du gern mit Hilfe deines Liebhabers backen, die Küche steht dir jeden Nachmittag zur Verfügung.«

»Der Kapitän ist nicht mein Liebhaber und wird es auch niemals werden. Zum ersten Mal im Leben habe ich einen echten Freund und Kumpel gefunden – bist du etwa eifersüchtig?«

Ich knallte die Tür zu, lief ins Schlafzimmer, warf mich bäuchlings aufs Bett und fing an zu heulen. Irgendwie wuchs mir alles über den Kopf. An jenem Morgen hatte ich eine Notiz in der Zeitung gelesen, die mich schon den ganzen Tag beschäftigte. Die fettgedruckte Schlagzeile lautete:

Zwei tote Dealer im Frankfurter Ostend / Mordfall auf dem Waldparkplatz kurz vor der Aufklärung.

Konkretes konnte man dem knappen Bericht zwar nicht entnehmen, nur dass die Polizei eine brandneue heiße Spur verfolgte. Ich hatte die ganze Angelegenheit zwar vorübergehend verdrängt, auch der Kapitän hatte nie mehr davon gesprochen, aber in meinen Träumen tauchte der tote Matthew nach wie vor auf und entführte meine Kinder in sein Schattenreich.

Es klopfte so zaghaft, dass es kein Polizist sein konnte. Meine Mutter trat ein, setzte sich neben mich auf die Bettkante und strich mir sanft über den Rücken.

»Du machst mir ein bisschen Sorgen«, sagte sie. »Ich bin ja sehr stolz auf dich, dass du es als alleinerziehende Mutter geschafft hast, Geld zu verdienen und dich auch noch vorbildlich um deine Kinder zu kümmern. Aber in letzter Zeit übernimmst du dich ein wenig. Oder geht es dir auf die Nerven, dass ich mit Jochen manchmal das Kommando übernommen habe?«

»Den Kapitän bin ich ja jetzt los«, schluchzte ich. »Du hast ihn gekauft! Zuerst mit den Ferien in Italien und jetzt mit der Kreuzfahrt.«

»Moment mal! Jochen bezahlt seine Reise selbst! Was dachtest du denn? Er ist zwar kein reicher Mann, aber er bekam kürzlich seine Lebensversicherung ausgezahlt. Schon lange war es sein Traum, sich mal als Gast auf einem Schiff bedienen zu lassen, aber ganz allein hatte er keine Lust dazu. Ursprünglich wollte er nämlich gemeinsam mit seiner Frau verreisen.«

Nun konnte ich mich leider nicht mehr beherrschen und fragte schniefend: »Habt ihr eine oder zwei Kabinen gebucht?«

Meine Mutter grinste. »Denkst du wirklich, ich wollte Nacht für Nacht neben einem schnarchenden alten Mann liegen? Ich bin doch nicht lebensmüde! Und tagsüber wird er an den Landausflügen auch nicht teilnehmen können, dafür ist er viel zu lahm und plattfüßig. Aber es wird Spaß machen, gemeinsam zu essen und über die anderen Passagiere zu lästern, denn unser Verhältnis ist rein gastrosexuell. Außerdem gehört er zu den wenigen guten Erzählern, die auch zuhören können. Für meine persönlichen Probleme interessiert sich ja sonst niemand. – Und jetzt werde ich mit den Kindern Plätzchen ausstechen, Jochen ist längst wieder heimgegangen. Der Teig steht bereits fix und fertig im Kühlschrank.«

Natürlich war ich gespannt auf den kommenden Tag: Würde Markus seinen Hund mitbringen oder nicht? Konnte man ein so junges Tier überhaupt den ganzen Tag sich selbst überlassen? Sollte ich bei meinem rigorosen Verbot bleiben oder mir einen halbwegs praktikablen Kompromiss ausdenken? Wenn es hart auf hart kam, konnte mich Markus sogar erpressen, denn er war außer dem Kapitän mein einziger Mitwisser und Komplize.

Es kam alles ganz anders, als ich dachte. Regine und Markus traten gemeinsam in meine Küche, der Hund aber musste draußen im Lieferwagen warten und sollte den Nachmittag nicht bei uns, sondern abwechselnd bei Jens und seinem Opfer verbringen. Ich verstand meine Freundin nicht mehr – da wurde sie von einem fremden Köter angefallen und wollte ihm trotzdem Asyl gewähren.

Sie erklärte es so: »Nach einem Autounfall ist es ein großer Fehler, wenn man vorerst überhaupt nicht mehr fahren mag. Im Gegenteil, man muss sofort wieder ans Steuer, sonst setzt sich die Angst fest und wird chronisch. Markus hat mir erklärt, dass Heido noch ein dummes kleines Mondkalb ist und mit der neuen Situation überfordert war. Schuld war meine Unerfahrenheit, denn ich hätte das warnende Knurren ernst nehmen sollen.«

Und so kam es, dass Markus – der Regine stets bewundert hatte – nun ihr treuer Vasall wurde. Jetzt konnte er seinem unersättlichen Altruismus freien Lauf lassen und fühlte sich außerdem von einer studierten Frau anerkannt und dadurch aufgewertet. Nach Feierabend gingen beide mit Heido spazieren. Leider hatte ich den berechtigten Verdacht, dass aus dieser merkwürdigen Zweckgemeinschaft mehr werden könnte als Freundschaft.

20

Hundsmiserabel

An einem nasskalten Wintertag rief mich schon in aller Frühe Tassilos Mutter an. Es sei ihr wahnsinnig peinlich, aber sie müsse gerade heute zu einer wichtigen Konferenz, und ihr Sohn sei wohl ein wenig krank. Erkältungen in dieser Jahreszeit seien ja an der Tagesordnung.

»Ich möchte ihn ungern allein lassen. Darf ich ihn zu euch bringen? Vielleicht geht es ihm ja in der nächsten Stunde schon besser, und er kann nach der großen Pause doch noch zur Schule gehen. Tassilo wird dir bestimmt keine Umstände machen, er will sich bloß hinlegen, vielleicht erlaubst du ihm, ein bisschen fernzusehen.«

Natürlich konnte ich nicht gut ablehnen. Schon kurz darauf kuschelte sich der blasse kleine Junge auf unser Sofa und piepste jämmerlich, er fühle sich *hundsmiserabel*, ein Ausdruck, der bestimmt von Regine stammte. Ich deckte ihn warm zu, befahl ihm, ruhig liegen zu bleiben, und kümmerte mich erst einmal um meine eigenen Kinder, die frühstücken sollten. Tassilo wollte kein Müsli, sondern nur einen Becher Kakao, er war durstig und kam mir etwas heiß vor. Als Caro und Simon abmarschiert waren und meine Mutter sich in der Badewanne breitmachte, wollte ich warten, bis sie fertig war und den Patienten übernehmen konnte. Danach musste ich dringend zum Einkaufen losfahren. Aber bevor es dazu kam, hörte ich ein unheilvolles Geräusch aus dem Wohnzimmer, flitzte hin und bekam gerade noch mit, wie Tassilo einen Schwall Kakaobrühe von sich gab.

Wenn es irgendetwas gibt, wovor ich mich gewaltig ekele, dann ist es Erbrochenes. Schon bei den eigenen Kindern fand ich es unerträglich und war heilfroh, dass es nur noch selten vorkam. Am liebsten hätte ich meine Mutter aus der Wanne gescheucht und um Hilfe gebeten, aber das mochte ich ihr nun doch nicht zumuten. Mit einem Eimer warmem Wasser, einer Küchenrolle und einem Putzlumpen bewaffnet, kniete ich mich vor das Sofa. Sofort stieg mir der verhasste Geruch saurer Milch in die Nase, und ich musste mich plötzlich selbst übergeben.

»Sorry, Mama«, flüsterte Tassilo.

Was hatte er da in seiner Not gesagt? Bisher hatte er mich stets *Nelly* genannt. Bei allem Elend war ich doch gerührt, wischte mir und ihm mit Küchenkrepp den Mund ab und nahm den kleinen Kerl in den Arm. Dann erst widmete ich mich notgedrungen der Schweinerei auf dem Teppich, wobei ich mehrmals würgen musste. Schließlich stellte ich einen zweiten Eimer in Griffweite und ermahnte Tassilo, beim nächsten Anfall präzise zu zielen. Der Kleine schlummerte kurz darauf ein, verschlief auch die Mittagszeit und wurde erst wieder wach, als ihm der Kapitän gegen drei Uhr Kamillentee und Zwieback brachte. Danach schien es ihm besserzugehen.

Wahrscheinlich hatte er mich angesteckt, das war mein erster Gedanke, als ich am nächsten Morgen gerade noch die Klo schüssel erreichen konnte. Das Frühstück war ich wieder los, aber danach fühlte ich mich schlagartig befreit und voll einsatzfähig. Als es mir jedoch an einem weiteren Tag schon wieder so erging, traf mich eine Horrorvorstellung wie ein Blitz. Die morgendliche Übelkeit war mir von früher her nur allzu gut bekannt, sicherlich steigerte ich mich jetzt aus purer Hysterie in eine Scheinschwangerschaft. Denn das durfte einfach nicht wahr sein, das war doch gar nicht möglich! Im Spiegel sah mir ein ratloses, blasses Gesicht entgegen, und ich begann notgedrungen zu rechnen.

Meine Periode war seit Wochen überfällig, was jedoch bei Stress schon häufiger vorgekommen war; ebenso gehörte ich zu jenen bedauernswerten Menschen, denen es oft und schnell schlecht wurde. Falls sich aber mein vager Verdacht bestätigen sollte – was dann? Vielleicht war meine Panik auch völlig überflüssig, das musste also möglichst schnell geklärt werden. In der hiesigen Apotheke kannte man mich viel zu gut, also beschloss ich, am Nachmittag im Rhein-Neckar-Zentrum Weihnachtsgeschenke und bei dieser Gelegenheit auch die erforderlichen Teststreifen zu besorgen. Schockartig war mir klar geworden, dass sowohl Matthew als auch Markus als Vater in Frage kamen. Der eine war tot, der andere zeigte wenig Interesse an einer intimen Beziehung.

Warum nur hatte ich mich wie ein ahnungsloser Teenager benommen, warum war ich so dämlich gewesen und hatte mir nicht rein prophylaktisch *die Pille danach* verschreiben lassen! Bei einem positiven Ergebnis kam jetzt nur noch ein Abbruch in Frage, denn ein drittes Kind konnte ich mir als Alleinerziehende auf keinen Fall leisten. Immer wieder zählte ich mit den Fingern, grübelte und fluchte, aber eigentlich war ich mir gefühlsmäßig fast sicher, dass ich zum dritten Mal schwanger geworden war. Hatte Matthew übers Grab hinaus für ein Andenken gesorgt? Doch genauso groß war die Chance, dass Markus der versehentliche Übeltäter war, und dann sah die Situation etwas positiver aus. War heutzutage anhand einer Fruchtwasseranalyse ein vorgeburtlicher Vaterschaftstest möglich? Schließlich konnte man sowohl das Geschlecht als auch einen Chromosomendefekt ermitteln. Ich suchte im Internet nach einer Antwort und wurde fündig: Ohne Risiko für den Embryo wurde durch eine Blutprobe der Mutter und des in Frage kommenden Vaters eine entsprechende Untersuchung durchgeführt, die allerdings erst ab der vierzehnten Schwangerschaftswoche ein sicheres Resultat ergab. Eine medikamentöse Abtreibung oder die Absaugmethode waren jedoch nur in einem früheren Stadium möglich. Das Problem schien unlösbar, denn wie sollte man Markus überhaupt Blut abzapfen, ohne ihn über den Sinn dieser Aktion zu informieren?

Leider konnte ich weder mit meiner Mutter noch mit dem Kapitän über mein Dilemma sprechen und um Rat fragen. Niemand sollte wissen, dass ich mit Matthew in der Nacht vor seinem endgültigen Verschwinden geschlafen hatte.

Sollte tatsächlich Markus der Erzeuger sein, wäre eine Abtreibung unter Umständen ohnedies die falsche Option. Ein so anständiger Mann wie er würde sich bestimmt nicht vor der Verantwortung drücken. Wenn ich Glück hatte, würden wir demnächst als Patchwork-Familie zusammenleben. Genau so hatte ich mir meine Zukunft eigentlich erträumt. Mit einem zuverlässigen Partner an meiner Seite waren auch drei Kinder keine abwegige Vorstellung.

Völlig überfordert von all diesen Überlegungen, kaufte ich sinnloses und viel zu teures Plastikspielzeug für Simon und Caro und ganz zuletzt die Teststreifen.

Es kam, wie es kommen musste: positiv. Obwohl ich es ja fast erwartet hatte, war ich fix und fertig. An jenem Abend gingen die Kinder wie üblich gegen neun ins Bett, und ich hatte nur den einen Wunsch: es ihnen gleichzutun und mich in einsamer Dunkelheit zu vergraben.

»Du solltest mal zum Arzt gehen«, sagte meine Mutter und fasste zögernd nach meiner Hand. »In letzter Zeit bist du dauernd müde, hast nah am Wasser gebaut, und morgens höre ich Geräusche, als ob es dir schlecht würde. Wenn ich es nicht besser wüsste, könnte man fast denken …«

Voller Entsetzen starrte ich sie an.

»Vergiss es«, sagte sie verlegen. »Ich bin eine alte Frau mit zu viel Phantasie. Aber in deinem labilen Zustand lasse ich dich ungern ohne Jochens Hilfe zurück, selbst wenn du während unserer Kreuzfahrt deinen Laden dichtmachst.«

»Zu deiner Beruhigung werde ich mich während eurer Reise wie ein Murmeltier in meiner Höhle zusammenrollen und ausgiebig schlafen«, sagte ich tapfer und mit dem krampfhaften Bemühen, nicht gleich loszuheulen. Falls mir demnächst ein Arzt weiterhalf, brauchte sie es nicht zu erfahren.

Immer wenn meine Mutter nervös wurde, griff sie in ihren Ausschnitt und zog den ewig rutschenden Träger ihres BHs wieder in die richtige Position. Das tat sie jetzt auch, dann stand sie auf, sagte gute Nacht und verschwand.

So verging Tag um Tag, ohne dass ich mich zu einem Entschluss durchringen konnte. Ich fing an zu backen, Geschenke
einzupacken und Wohn- und Kinderzimmer zu dekorieren.
Mit Markus kam ich kaum ins Gespräch. Da er nach dem
Essen immer eine Runde mit Regine und dem Hund drehen
wollte, hatte er keine Zeit für geruhsame Mahlzeiten und
fröhliche Plaudereien.

Inzwischen hatte ich bekanntgegeben, dass der Mittagstisch
in den Weihnachtsferien ausfallen würde. Tonja wollte mit
ihrer Partnerin im Engadin Ski fahren und war froh, ihren
Vater auf hoher See zu wissen. Regine hatte sich schon lange
für eine Städtereise angemeldet, auch andere Pädagogen ohne
eigene Familie hatten ähnliche Pläne. Am letzten Tag verabschiedeten sich meine Gäste, wünschten frohe Weihnachten, einen guten Rutsch und entspannte Tage. Markus zögerte diesmal ein wenig; erst als wir allein waren, zog er ein
gefaltetes Zeitungsblatt aus der geräumigen Tasche seiner
Latzhose.

»Das stand gestern in der FAZ. Ehrlich gesagt, mir fiel ein
Stein vom Herzen! Wahrscheinlich ist es das schönste Weih-
nachtsgeschenk für dich!«

Bei diesen Worten sah er mir zum ersten Mal seit Tagen
in die Augen und lächelte, gab mir einen brüderlichen Kuss
auf die Stirn und wollte verschwinden.

Sofort fasste ich Hoffnung und ihn am Ärmel. Die Gunst
der Stunde musste genutzt werden.

»Moment mal, nicht so schnell!«, meinte ich. »Was machst
du eigentlich während der Ferien mit Heido? Wenn keine
Gäste hier sind, könntest du ihn vielleicht doch mal zu

uns bringen. Caro liegt mir ständig in den Ohren, ich solle meinen Widerstand aufgeben. Und Regine hat mir gesagt, dass er inzwischen ganz brav und gehorsam geworden ist und den Kindern niemals etwas zuleide tun würde.«

Markus strahlte. »Das ist ein Angebot, auf das ich gern zurückkomme!«, sagte er. »Eigentlich wollte ich ja selbst Urlaub nehmen und mich intensiv mit Heido beschäftigen, aber einer muss in unserem Betrieb für Notfälle bereitstehen. Das trifft im Allgemeinen die Kinderlosen wie mich. Gerade zwischen Weihnachten und Silvester gehen übrigens die meisten Spülmaschinen kaputt…« Und schon eilte er wieder zu seinem sehnsüchtig wartenden Hund.

Natürlich war ich äußerst gespannt auf den Zeitungsartikel. Ich machte mir aber zuerst einen Espresso, setzte mich auf den bequemsten Stuhl (den sonst der Kapitän beanspruchte) und las.

Mord und Totschlag im Frankfurter Drogenmilieu

Im Zuge der Ermittlungen zu einem Verbrechen neueren Datums konnte auch der lange zurückliegende Mord an einem Dealer aufgeklärt werden. Der sogenannte Kameruner, ein gebürtiger Hanauer, wurde nach Aussage eines Zeugen vor etwa vier Jahren bei einer Messerstecherei von einem Amerikaner, dem desertierten Soldaten Denzel S., getötet. Die Leiche dieses GIs *wurde nun auf einem Waldparkplatz bei Darmstadt entdeckt. Es handelt sich mit großer Wahrscheinlichkeit um einen späten Racheakt.*

*Inzwischen konnten auch die kürzlich im Frankfurter
Ostend gefundenen Toten identifiziert werden, die Verwandte des Kameruners waren. In der Wohnung des älte-
ren der Brüder, die beide ebenfalls aus dem Drogenmilieu
stammten, wurde belastendes Material aus dem Besitz
des ermordeten Denzel S. gefunden. Die Polizei geht davon aus, dass sich der Amerikaner nach jahrelangem Un-
tertauchen unter falschem Namen wieder in Frankfurt
blicken ließ, von den Brüdern observiert und schließlich
auf einem einsamen Waldparkplatz erstochen wurde. Sie
hatten offenbar ihren Cousin rächen wollen, waren dann
allerdings selbst Opfer einer konkurrierenden Bande geworden. Diese zu überführen ist nun die Aufgabe einer
Sonderkommission.*

Kein Wort war über das kopierte Notizbuch zu lesen, das
ich der Polizei anonym zugeschickt hatte. Ich war etwas gekränkt, denn es hatte doch sicherlich zur Aufklärung bei-
getragen. Dreimal musste ich den Artikel durchlesen, bis
ich seine Bedeutung in ihrem ganzen Ausmaß verstand.
Matthew hatte also noch vor seiner Flucht vor vier Jahren
seinen Feind und Erpresser, den Kameruner, erstochen. Offenbar wollte er damit mich und meine Kinder vor weiteren
Übergriffen schützen. Dann hatte er also doch für das Wohl
seiner Familie gesorgt und war gezwungenermaßen in Amerika untergetaucht. Matthew, der Deserteur, der den Kriegs-
dienst mit dem unvermeidlichen Töten verachtet und nicht
ertragen hatte – ausgerechnet er hatte einen Dealer, den
schrecklichen Kameruner, umgebracht. Mir kamen die Tränen.

Als Matt kürzlich wieder nach Deutschland kam und Kontakt zu ehemaligen Komplizen suchte, hatten die Vettern des Kameruners wohl Wind davon bekommen und beschlossen, sich endlich an Matthew zu rächen. Wahrscheinlich hatten sie ihn eine Zeitlang beschattet und einen Peilsender an seinem Mietwagen befestigt. Womöglich waren sie ihm auch auf den Fersen, als er nachts in mein Haus geschlichen war. Zu meiner unendlichen Erleichterung waren sie mittlerweile selber tot.

In der folgenden Nacht schlief ich so fest wie schon lange nicht mehr. Eines meiner Probleme schien gelöst: Ich musste wohl kaum mehr mit einer Verhaftung rechnen.

Am nächsten Morgen konnten wir uns Zeit lassen, die Ferien hatten ja begonnen. Wir saßen gemütlich in Schlafanzügen und Bademänteln beim Frühstück und durften nach Herzenslust trödeln. Als es klingelte, konnte es nur Tassilo sein, dessen Mutter noch bis Heiligabend arbeitete. Zu meiner Freude brauchte ich mittags nicht zu kochen, denn der Kapitän hatte uns zu einer Pizza eingeladen. Außerdem hatte er angeboten, am Nachmittag mit meiner Mutter die Essensvorräte für die Feiertage zu besorgen. Meine Sprösslinge hatten nämlich verlangt, dass es jetzt eine Weile nicht nach den Wünschen der Gäste, sondern nach ihrem Geschmack gehen solle: also Grillhähnchen, Nudeln mit Tomatensauce, Würstchen mit Pommes und Schnitzel bis zum Abwinken. Ein Problem gab es nur mit der Mittagskatze, die an feste Zeiten gewöhnt war, aber Caro wollte sie persönlich abholen und versorgen.

Nachdem ich den Frühstückstisch abgeräumt hatte, gingen die Kinder spielen, meine Mutter in die Badewanne, ich ins Gästeklo, um mich möglichst diskret und geräuschlos von meinem Müsli zu trennen. Dann legte ich mich wieder ins Bett.

21

Ihr Kinderlein kommet

»Was macht Markus eigentlich an Weihnachten?«, fragte der Kapitän. »Für ihn ist es das erste Fest nach Gretels Tod.«

»Er wird wohl an den Feiertagen zu seinen Eltern fahren«, meinte ich. »Aber er muss schon am 27. Dezember wieder arbeiten.«

»Dann lohnt es sich nicht«, sagte Simon, der aufmerksam zugehört hatte. »Seine Eltern sind nämlich auf Mallorca, das hat er der Regine erzählt.«

Offenbar bekamen meine Kinder mehr von den Tischgesprächen mit als ich.

»Wir werden ihn einladen«, schlug meine Mutter vor. »Dann kommen auf zwei Frauen auch zwei Männer – so wie sich das gehört.«

Der Kapitän und meine Mama tauschten Blicke; ich durchschaute ihre kupplerischen Hintergedanken sofort. Markus wurde kurz danach von ihnen, nicht etwa von mir, angerufen und freundlich zur Teilnahme am Familienfest aufgefordert. Ich hatte eigentlich nicht erwartet, dass er zusagte, aber er zögerte keine Sekunde, freute sich offensichtlich, verlangte sogar ausdrücklich, auch mit mir zu sprechen, und sagte: »Ursprünglich wollte ich ja meine Eltern besuchen, aber mit einem jungen, unerfahrenen Tier wird es kompliziert. Wenn Heido etwas älter und ruhiger ist, kann ich ihm einen Flug eher zumuten.«

Vermutlich war ihm das Wohl des Hundes wichtiger als das Fest mit mir und den Kindern. Ich überlegte hin und her, ob Heiligabend ein passender Termin war, um ihn mit der frohen Botschaft zu konfrontieren. *Und mein Geschenk für dich…* Lieber nicht. Ich beschloss, mich im Januar bei einer Frauenärztin anzumelden und Markus mit der ersten Ultraschallaufnahme zu überraschen.

Es ist natürlich von Vorteil, wenn ein starker Mann bei den Weihnachtsvorbereitungen hilft; am 23. Dezember kaufte Markus eine riesige Nordmann-Tanne, die wohl niemand mehr haben wollte, brachte sie im Lieferwagen zu uns und stellte sie im Wohnzimmer auf. Es wurde etwas eng, die Zweige reichten bis zum Sofa. Am nächsten Tag kümmerte sich meine Mutter um den Gänsebraten, der Kapitän und die Kinder schmückten den Baum und übten dabei Weihnachtslieder. Eigentlich gefiel ihnen nur *Jingle Bells*, der Kapitän sorgte dafür, dass sie wenigstens die erste Strophe von *O Tannenbaum* und *Ihr Kinderlein kommet* erlernten. Ich seufzte, putzte und räumte auf. Inzwischen war auch Heido bei uns gelandet, saß etwas verschüchtert in einer Ecke und schaute dem Treiben neugierig zu. Die Katze ließ sich vorerst nicht blicken. Allmählich hatte ich eingesehen, dass der Hund harmlos und noch ein rechter Kindskopf war. Gegen Mittag hielt Markus für Simon und Caro eine Lehrstunde in Tierpädagogik, zum Glück nicht im Wohnzimmer. Mit großem Interesse hörten sie zu, durften Heido streicheln und setzten sich schließlich zu ihm auf den Boden. Es endete mit einer turbulenten Performance, als sie die schön polierten Weihnachtsäpfel über den grünen Linoleumboden rollen ließen und eine übermütige Jagd um den Esstisch begann. Ich duldete es gelassen, denn über den verspielten Hund konnten wir am ehesten das Herz dieses braven Mannes erreichen. Noch ahnte er nichts von seinem baldigen Vaterglück, es war nicht verkehrt, ihn jetzt schon ein wenig darauf einzustimmen.

»Glaubst du, der Heido liebt mich?«, fragte Caro, und Markus bejahte.

»Ich finde aber seinen Namen echt doof«, maulte meine Tochter. »Können wir ihn nicht umtaufen?«

Insgeheim gab ich ihr recht. »Was schlägst du denn vor?«

Sie überlegte. »Zum Beispiel finde ich Hotzenplotz voll cool!«

Simon kringelte sich vor Lachen. »Das ist doch zehnmal doofer als Heido!«

Über kurz oder lang bekam Heido ständig neue Namen: Pluto, Goofy, Lassie, Superdoggie zum Beispiel. Der Kapitän nannte ihn Problembär, die Mittagskatze hieß bei ihm schon längst Kaczmarek. Meine Mutter plädierte für Krambambuli, ich für Jägermeister. Markus setzte sich aber letztendlich durch und bewies damit eine gewisse Autorität. Immerhin verdankten wir dem Hund und schließlich auch der Katze, die sich überraschend schnell an den neuen Besucher gewöhnte, ein paar lustige Feiertage. Kurz nach Weihnachten reiste meine Mutter ab, eine Woche später wollte sie sich mit dem Kapitän in Frankfurt treffen, um den Flieger zu besteigen.

Der Kapitän war völlig aus dem Häuschen, sein schwarzer

Anzug war ihm hinten und vorn zu eng, sein uralter Koffer ziemlich ramponiert. Ich war froh, endlich einmal etwas für ihn tun zu können, wir fuhren gemeinsam auf Einkaufstour. Den Smoking besorgten wir beim Kostümverleih, für eine einzige Gelegenheit einen neuen zu kaufen lohnte sich nicht.

Als auch er abgereist war, blieb ich mit Simon, Caro, Tassilo, Hund und Katze allein. Markus tauchte täglich auf, um seinen Heido zu bringen oder abzuholen. Wir verstanden uns allesamt gut, die Kinder mochten ihn, doch von einer Liebesbeziehung konnte nicht wirklich die Rede sein. Vielleicht hatte der Kapitän ja recht, dass Markus klammheimlich noch um seine Gretel trauerte, obwohl er nicht darüber sprach.

Doch während ich die Kinder beim Spiel mit dem Hund beobachtete und Markus dabei Regie führte, fiel mir etwas auf: Vor allem Caro könnte fast seine Tochter sein, bei Simon gab es ebenfalls übereinstimmende Merkmale. Kein Wunder, denn Matthew und Markus sahen vom Typ her aus wie nahe Verwandte. Für den Fall, dass der Amerikaner der Vater meines ungeborenen Kindes sein sollte, war diese Ähnlichkeit vielleicht das Ei des Kolumbus: Niemand, am allerwenigstens Markus, konnte Verdacht schöpfen. Ich wusste zum Glück, dass Matthew keine Dunkelhäutigen unter seinen Ahnen gehabt hatte, deren Teint dominant und verräterisch durchschimmern könnte. Es war also im Grunde egal, wer der wirkliche Erzeuger war, mein Kind würde gut in die Familie hineinpassen. Ich war also im wahrsten Sinn des Wortes guter Hoffnung bis zu jenem Tag, an dem mich Regine besuchte.

Tassilo – der jetzt in den Ferien praktisch immer bei uns war – hatte zu Weihnachten einen teuren Laptop bekommen, sie lümmelten zu dritt im Wohnzimmer, tief versunken in irgendein Spiel. Wenn man nicht höllisch aufpasste, schmuggelte sich auch Heido aufs Sofa, der sich als gleichberechtigter Kumpel fühlte.

Also setzte ich mich mit Regine an den großen Mittagstisch im Erdgeschoss und knipste sowohl die Lampe als auch die Espressomaschine an.

»Kann ich dir ein Geheimnis anvertrauen?«, fragte Regine.

Ich lächelte geschmeichelt. »Wahrscheinlich hast du dich unsterblich in einen bildschönen Römer verliebt!«

»Nein, viel schlimmer. Ich bin schwanger.«

»Na, das ging aber schnell, du lässt ja wirklich nichts anbrennen«, sagte ich grinsend. Aber dann stockte ich. »Von wem?«

Regine wurde ein bisschen rot. »Du wirst es nicht gern hören, aber nun ist es halt passiert. Markus ...«

Mir fehlten die Worte. »Du machst Witze!«

»Nein, ich habe gestern einen Test gemacht. Natürlich wusste ich, dass du ein Auge auf ihn geworfen hast. Im Prinzip wollte ich auch gar nicht mit ihm schlafen. Es hat sich halt so ergeben, als er sich so rührend um mich gekümmert hat – damals, nach dem Hundebiss. Glaub mir, mehr als dreimal ist es bestimmt nicht passiert, und dann gleich das ...«

Mir liefen die Tränen übers Gesicht, ich wusste nicht mehr ein noch aus, doch ich riss mich zusammen. Schließlich fragte ich: »Hast du es ihm schon gesagt?«

»Um Gottes willen, nein! Ich weiß wirklich nicht, ob ich überhaupt ein Kind haben will, es passt so gar nicht in meinen Lebensplan. Noch ist es früh genug, dass sich etwas machen lässt. Aber ich wollte erst einmal deinen Rat hören. Hoffentlich bist du nicht sauer auf mich?«

Ich knetete mein nasses Taschentuch und blieb stumm.

»Sieh mal, Nelly, ich bin ja nicht mehr die Jüngste. Bisher habe ich immer geglaubt, ich hätte noch unendlich viel Zeit, aber jetzt ist vielleicht die letzte Gelegenheit, doch noch Mutter zu werden. Bei meiner letzten Beziehung war das Thema tabu, der war verheiratet und schon dreifacher Vater. Nun sag doch mal was, oder bist du immer noch scharf auf Markus und nimmst es mir krumm?«

Mühsam presste ich heraus: »Ich bin auch schwanger!«

Sie starrte mich ungläubig an, musste aber trotz der absurden Situation nicht lachen. Schließlich sagte sie dasselbe wie ich: »Du machst Witze! Doch nicht etwa auch von Markus?«

Doch sie sah mir an, dass sie den Nagel auf den Kopf getroffen hatte. Schluchzend brachte ich hervor: »Willst du ihn etwa heiraten?«

Regine schüttelte vehement den Kopf. »Weder heiraten noch mit ihm zusammenleben! Zwischen meinem und seinem Bildungsgrad besteht leider ein gravierender Unterschied!«

Ich wurde zornig. »Du bist immer noch genauso arrogant wie in unserer Schulzeit! Markus ist ein kluger Kopf, auf vielen Wissensgebieten ist er mir weit überlegen.«

»Da gehört auch nicht viel dazu«, sagte sie patzig.

Ich verkniff mir den Griff nach dem Küchenmesser und versuchte es mit dem Restchen Vernunft, das mir in meiner

Wut noch zur Verfügung stand. »Du willst ihn demnach nur als Samenspender und Zahlvater missbrauchen, von Liebe ist gar keine Rede! An deiner Stelle würde ich mich schon aus purem Anstand zu einem sofortigen Abbruch entschließen.«

Betretenes Schweigen.

»Ich habe dich immer um deine Kinder beneidet«, setzte Regine wieder an, sichtlich geknickt. »Auch ohne Vater wachsen sie fröhlich auf, das hast du irgendwie gut hingekriegt. Vielleicht würde es mir ja auch gelingen, zum Glück ist das Modell *Familie und Job* bei Lehrern gut vereinbar. Übrigens – hast *du* es Markus schon gesagt?«

»Nein, ich wollte noch warten, bis ich eine Ultraschallaufnahme vorzeigen kann.«

Schließlich fingen wir gemeinsam an zu rechnen, ich war Regine um einige Wochen voraus.

»Es wären also Halbgeschwister«, sagte Regine. Oder auch nicht, dachte ich, hielt aber die Klappe.

Oben jaulte der Hund, er konnte den Wagen seines Herrchens schon von weitem hören.

Markus klingelte drei Minuten später, sah unsere Kaffeetassen und meinte nur: »Nein danke, kein Espresso, ich hab's ein bisschen eilig. Lasst euch nicht stören, ich will nur meinen Heido abholen. Bevor es völlig dunkel wird, wollen wir noch rund um den Baggersee joggen.«

Regine und ich wechselten Blicke. Als Markus oben bei den Kindern und außer Hörweite war, schlug ich vor, man könnte ihm doch auf der Stelle zu seinem neuen Status gratulieren.

Sie hielt aber gar nichts von dieser Idee. »Und du bist dir ganz sicher, dass du ein drittes Kind willst?«, flüsterte sie.

Ich nickte aus purem Trotz.

Gleich darauf stürmte Markus mit Heido die Treppe herunter, winkte freundlich, und schon fiel die Haustür ins Schloss. Wir lauschten ihm noch kurz hinterher. Während sein Wagen davonfuhr, fielen wir uns in die Arme und fingen beide an zu weinen. »Sie würden in die gleiche Klasse gehen«, schluchzte Regine, »fast wie Zwillinge!«

Alle zwei Tage rief meine Mutter an, oft auch der Kapitän. Ich wollte von ihren begeisterten Berichten eigentlich nichts hören, aber immerhin erkundigten sich beide auffallend häufig nach meinem Wohlbefinden. Mutter hatte wohl immer noch einen vagen Verdacht, traute sich aber nicht, ihn ein zweites Mal zu äußern.

Schließlich war die Kreuzfahrt beendet, der Kapitän bezog wieder seinen Stammplatz in meiner Küche, und wir besprachen den Essensplan für die kommende Woche. Demnächst fing die Schule an, und meine Stammgäste wurden erwartet. Die Kinder freuten sich, dass sie ihren Opa wiederhatten.

Caro fragte ihn allerdings vorwurfsvoll: »Warum hast du die Oma nicht mitgebracht?«

Doch meine Mutter wollte erst einmal bei ihren zahlreichen Freundinnen mit ihren Abenteuern angeben.

Nach weiteren Wochen konnten Regine und ich uns gegenseitig die Fotos eines winzigen Würmchens zeigen. Inzwischen war auch sie sicher, dass eine Abtreibung nicht in Frage kam. Allerdings war es nun an der Zeit, den werdenden Vater in Kenntnis zu setzen. Wir hatten uns geeinigt, dass wir es gemeinsam tun wollten, denn wir hatten Angst vor seiner Reaktion.

Zu dritt saßen wir eines Abends im Wohnzimmer, die Kinder lagen bereits im Bett. Markus schien ein bisschen neugierig und aufgeregt. Ihm kam es wohl merkwürdig vor, dass zwei Frauen, mit denen er immerhin geschlafen hatte, ihn hierherzitiert hatten. Er verlangte einen Schnaps, was sonst nicht seine Art war, und streichelte dabei unentwegt seinen Hund. Ich stellte ihm den Calvados des Kapitäns vor die Nase.

Als er uns fragend anschaute, sagten wir – so hatten wir es verabredet – wie aus einem Mund: »Wir sind schwanger!«

Zuerst stieß er ein verklemmtes Lachen aus. »Ihr Frauen habt einen sehr speziellen Humor«, sagte Markus und schenkte sich noch einmal ein.

»Wir belieben nicht zu scherzen«, sagte Regine. Und schon legten wir die beiden Ultraschallbilder vor ihn auf den Tisch.

»Deine Kinder!«, sagte ich. »Noch ziemlich klein, aber sie werden wachsen und gedeihen…«

Markus kippte den dritten Schnaps hinunter, ungläubig wanderte sein Blick von mir zu Regine und wieder zurück zu den Fotos. Fasziniert beobachtete ich, wie sich Schaumbläschen vor seinem Mund bildeten. Plötzlich explodierte er. »Das habt ihr ja fein eingefädelt! Zwei gerissene Schlampen legen einen einfältigen Handwerker aufs Kreuz! Aber nicht mit mir! Das lasse ich mir nicht bieten!«

Wir schwiegen verlegen, gern hätte ich mir auch einen

Schnaps eingeschenkt, aber das war in meinem Zustand streng verboten.

Regine war es, die zuerst das Wort ergriff. »Markus, wir verstehen ja, dass du dich hintergangen fühlst. Aber glaub mir, das ist kein Komplott gegen dich, wir waren beide mindestens so überrascht wie du. Und in meinem Fall ist klar, dass ich nichts von dir fordere, keine Alimente und auch keine anderen Zuwendungen. Ich verdiene genug, um selbst für mein Kind aufzukommen.«

Das machte die Sache aber auch nicht besser.

Er polterte weiter. »Wenn ich irgendwann Vater werden will, dann soll es eine bewusste, gut überlegte Entscheidung sein. Und ich werde natürlich gern für so ein Wunschkind sorgen. Aber ihr habt mich sexuell überrumpelt und gewissermaßen ausgebeutet! Wie konnte ich ahnen, dass zwei gestandene Frauen völlig ungeschützt…«

Es war ihm peinlich, weiterzureden. Ich hielt es für angebracht, in Tränen auszubrechen.

Regine blieb gelassen. »Reg dich nicht so auf, Markus, du brauchst keine von uns zu heiraten. Wenn du Lust hast, kannst du deine Kinder gelegentlich besuchen, aber es entsteht keinerlei Verpflichtung für dich, das verspreche ich.«

So hätte ich es allerdings nicht ausgedrückt, doch ich heulte nur leise vor mich hin.

Schließlich nahm Markus seinen Heido an die Leine und sagte unfreundlich, er müsse nachdenken, und zwar allein. Und damit war unser Kindsvater auf und davon.

»*He was not amused*«, sagte Regine.

»Und – was nun?«, fragte ich.

Sie zuckte mit den Schultern. Aber als professionelle Organisatorin wollte sie sofort Nägel mit Köpfen machen. »Wenn wir allzu lange auf einen Krippenplatz warten müssten, würdest du dann gelegentlich… Ich meine, Tassilo ist doch auch so gern bei euch. Natürlich gegen Bezahlung.«

Inzwischen ist mein Jüngster schon drei Jahre alt. Ich wollte auf jeden Fall einen Vornamen, der mit MA beginnt – zu Ehren seiner Väter Markus oder Matthew. Mein von ganzem Herzen geliebter Sohn heißt also Martin, wenn es eine Tochter geworden wäre, hätte ich Mathilda gewählt. Auch Regine hat einen Jungen bekommen und ihn Hannes genannt. Die Knirpse sehen sich tatsächlich ein bisschen ähnlich, auch wenn sie vom Charakter her sehr unterschiedlich sind. Hin und wieder überlege ich, ob ich den Mittagstisch nicht zugunsten eines Kinderhorts aufgeben soll, denn an manchen Tagen tummeln sich hier mehr Zwerge als Riesen. Meine Situation hat sich jedoch etwas verbessert, da meine Mutter ihre Bonner Wohnung aufgegeben und hier in der Nähe ein kleines Haus gekauft hat. Steif und fest behauptet sie, ihr erklärter Liebling Martin sähe aus wie mein früh verstorbener Vater. Sie hilft unermüdlich, ebenso der Kapitän. An Sonntagen habe ich meine Ruhe, da essen die Kids bei ihrer Großmutter.

Markus hat kürzlich geheiratet. Bei der Reparatur einer Waschmaschine lernte er eine junge Frau kennen, die durch einen Motorradunfall ihr rechtes Bein verloren hatte. Ausgerechnet sie hat unseren Froschkönig endlich wachgeküsst. Heido ist gut bei dieser Sandy aufgehoben, nur zum Spazierengehen und für weidmännische Ausflüge ist sie ungeeignet. Aber dafür ist ja Regine zuständig; demnächst will sie sogar den Jagdschein machen und selbst auf die Pirsch gehen. Ein guter Ausgleich zur Schulmeisterei, findet sie. Markus kommt an drei Wochentagen zum Mittagessen und lässt es sich schmecken, und die zwei Kleinen dürfen ihm Nutella, Ketchup und Spinat um den Bart schmieren.

Morgen will ich wieder mal *Ossobuco alla milanese* zubereiten, mal sehen, ob ich es so hinkriege wie eine italienische Mamma. Es ist das Lieblingsessen eines neuen Gastes, der mir ausnehmend gut gefällt. Matteo stammt aus Mailand, hat dunkle Locken und sieht aus wie ein junger Gott.

Das Diogenes Hörbuch zum Buch

Ingrid Noll
Der Mittagstisch

Ungekürzt gelesen von Anna Schudt

4 CD, Spieldauer 312 Min.

Ingrid Noll
im Diogenes Verlag

»Sie ist voller Lebensklugheit, Menschenkenntnis und verarbeiteter Erfahrung. Sie will eine gute Geschichte gut erzählen, und das kann sie.«
Georg Hensel / Frankfurter Allgemeine Zeitung

Der Hahn ist tot
Roman

Die Häupter meiner Lieben
Roman

Die Apothekerin
Roman

Der Schweinepascha
in 15 Bildern. Illustriert von der Autorin

Kalt ist der Abendhauch
Roman

Röslein rot
Roman

Selige Witwen
Roman

Rabenbrüder
Roman

Falsche Zungen
Gesammelte Geschichten
Ausgewählte Geschichten auch als Diogenes Hörbücher erschienen: *Falsche Zungen*, gelesen von Cordula Trantow, sowie *Fisherman's Friend*, gelesen von Uta Hallant, Ursula Illert, Jochen Nix und Cordula Trantow

Ladylike
Roman
Auch als Diogenes Hörbuch erschienen, gelesen von Maria Becker

Kuckuckskind
Roman
Auch als Diogenes Hörbuch erschienen, gelesen von Franziska Pigulla

Ehrenwort
Roman
Auch als Diogenes Hörbuch erschienen, gelesen von Peter Fricke

Über Bord
Roman
Auch als Diogenes Hörbuch erschienen, gelesen von Uta Hallant

Hab und Gier
Roman
Auch als Diogenes Hörbuch erschienen, gelesen von Uta Hallant

Der Mittagstisch
Roman
Auch als Diogenes Hörbuch erschienen, gelesen von Anna Schudt

Außerdem erschienen:

Die Rosemarie-Hirte-Romane
Der Hahn ist tot / Die Apothekerin
Ungekürzt gelesen von Silvia Jost
2 MP3-CD, Gesamtspieldauer 15 Stunden

Weihnachten mit Ingrid Noll
Sechs Geschichten
Diogenes Hörbuch, 1 CD, gelesen von Uta Hallant

Barbara Vine
im Diogenes Verlag

Barbara Vine (i.e. Ruth Rendell) wurde 1930 in London geboren, wo sie auch lebte. Sie arbeitete als Reporterin und Redakteurin für verschiedene Magazine. Seit 1965 schrieb sie Romane und Stories, die verschiedentlich ausgezeichnet wurden. Barbara Vine starb am 2. Mai 2015.

»Barbara Vine, besser bekannt als Ruth Rendell, ist in der englischsprachigen Welt längst zum Synonym für anspruchsvollste Kriminalliteratur geworden.«
Österreichischer Rundfunk, Wien

»Wenn Ruth Rendell zu Barbara Vine wird, verwandelt sich die britische Thriller-Autorin in eine der besten psychologischen Schriftstellerinnen der Gegenwart.« *Süddeutsche Zeitung, München*

Die im Dunkeln sieht man doch

Es scheint die Sonne noch so schön

Schwefelhochzeit

Der schwarze Falter

Königliche Krankheit

Aus der Welt

Das Geburtstagsgeschenk

Kindes Kind

Alle Romane aus dem Englischen
von Renate Orth-Guttmann